KB176964

완벽한 죽음을 팝니다

완벽한 죽음을 팝니다

지현상

orror

For Sale: The Perfect Death

제물 이야기

✦ 2019년 '팟빵×안전가옥' 무서운 이야기 공모전 수상

✦ 2020년 〈제물〉로 오디오북(팟빵) 출간

그날. 사실 그날은 정말 평범한 날이었습니다.

저녁 늦게 과 선배를 도서관에서 우연히 마주치기 전까지, 밀린 시험공부 도중 잠깐잠깐 쉴 때마다, 그 선배와 우연처럼 마주치기 전까지는 말이죠.

그 선배는 이번 학기 내내 도서관에 붙어 있어서 꽤 유명한 사람이었습니다. 별종이라는 얘기도 있었고 요즘 들어 좀 이상해졌다는 얘기도 있었죠. 저는 오며 가며 선배를 그저 조용한 사람이라 생각했었어요.

그런데 막상 말을 해보니 선배는 생각보다 괜찮은 사람이었습니다. 생각보다 말도 잘하고 재미도 있었어요. 앞으로 친하게 지내자며 커피도 사주더군요. 몇 번 그렇게 마주치고 나니 선배와 저는 쉬러 나갈 때마다 아예 서로를 부르기 시작했고, 이내 자리를 옮겨 서로의 옆에 앉았습니다.

그렇게 새벽 2시가 막 지나갈 무렵, 선배가 제게 말했습니다.

"집중도 안 되는데 산책이나 한 바퀴 돌고 올까."

저도 졸리던 참이라 그러자고 대답했습니다.

학교는 평소와 달리 너무도 조용했습니다. 보통은 조별 과제다 제작이다 동아리다 해서 밤늦게까지 불켜진 강의실도 많게 마련인데, 그날은 온 사방이 캄캄했어요. 날이 추운 탓인지 벌레 소리조차 들리지 않았습니다.

저는 그때까지만 해도 학교에 남은 학생이 별로 없기 때문이라 생각했습니다. 운 나쁘게도 제 시험이 2학기 마지막 주의 금요일이었던 터라, 이미 학생의 절반 이상은 학기를 마치고 집으로 돌아갔기 때문이었죠. 어쩌면 학교가 조용한 이유는 정말 그 때문이었는지도 모릅니다. 그저 그 선배가 일부러 그런 날을 고른걸 수도, 운 나쁘게 제가 그 선배에게 걸려버린 걸지도 모르고요.

같이 길을 걷고 있는데, 선배가 제게 물었습니다.

"무서운 얘기 좋아해?"

저는 그렇다고 대답했습니다. 무서운 얘기… 정말 좋아했으니까요. 선배가 다시 물었습니다.

"그럼 우리 학교 괴담은 다 들어봤어?"

"네, 어느 정도는요?"

저는 대수롭지 않게 고개를 끄덕였습니다. 어느 학교나 그렇듯 우리 학교에도 괴담이 잔뜩 있었거든요. 묘지 위에 건물을 세웠다거나, 뭐 그런 흔한 것들 말이에요. 우리 학교는 거의 산 위에 지어지다시피 했으니 사실 그런 얘기가 안 나올 수 없는 곳이었습니다.

저는 선배에게 제가 알고 있는 괴담을 하나씩 읊었습니다. 입학 전부터 다른 선배들에게서 들은 수많은 이야기들이었죠. 뭐, 사실 여기가 조선 시대부터 죄인들을 죽여 파묻던 곳이었다거나, 밤에 혼자 지하 자재실에 들어가면 꼭 들린다는 발소리, 언제나 잠겨 있는 몇몇 창고들, 밤에 강의실을 빌려 뭔가를 하고 있으면 복도에는 분명 아무도 없는데 누가 가끔 노크를 한다거나 하는, 그 당시에는 그저 웃어넘겼던 그런 소소한 이야기들 말입니다.

선배는 제 이야기를 가만히 듣고 있다가, 툭 물었습

니다.

"그럼 혹시 그건 알아? 키 큰 귀신?"

"예? 키 큰 귀신이요?"

저는 저도 모르게 되물었습니다. 아무리 그래도 '키 큰 귀신'이라니. 그런데 말을 던진 선배의 표정은 의외로 진지했습니다. 아니, 진지하다기보다도 어딘가 살짝 경직된 듯한 표정이었습니다.

"나 말이야, 올여름에 그거, 직접 봤다?"

"올해에요?"

"응, 학기 말에. 저기에서."

선배는 콕 짚어 저 앞에 서 있는 가로등을 가리켰습니다.

네, 건물과 건물 중간에 어정쩡하게 서 있는, 벤치 하나를 끼고 있는 저 가로등 말입니다.

"그때도 딱 지금 같은 시간이었어. 시험 기간인데다가, 새벽 2시 조금 넘어서….

그날 도서관에서 공부하고 있는데, 과 사물함에 자료 하나를 놓고 온 걸 문득 깨달은 거야. 마침 좀 졸리기도 하고 집중도 잘 안 되고, 나야 뭐 원래 밤 산책도 좋아했으니까, 바람도 쐴 겸 슬슬 밖으로 나왔지.

그렇게 조금 걷는데, 저 앞에, 저 가로등 아래에 웬 사람이 한 명 서 있는 거야. 위아래로 새까만 옷을 입고 있는데, 처음엔 잘못 봤나 싶었어. 키가 너무 커서. 2미터는 되겠더라. 아니, 어쩌면 그보다 훨씬 컸는지도 몰라. 그렇게 큰 사람은 정말 난생처음 봤거든.

우리 학교 사람은 확실히 아닌 것 같았어. 그때도 난 이미 학교를 2년 반이나 다녔는데, 그렇게 눈에 띄는 사람이 있었다면 못 봤을 리가 없잖아? 휴학생이나 졸업생일 수도 있겠지만, 왠지 그런 느낌은 아니었어. 괜히 꺼림칙하고 위험한 느낌, 그런 느낌이었거든.

그 사람, 어느 순간부터 날 빤히 보고 있더라. 멀고 어두워서 얼굴은 잘 안 보였는데, 내 쪽을 보고 있는 것 같았어. 그때, 덜컥 뭔가 이상한 거야. 그렇잖아. 한밤중에 엄청 큰 사람이 괜히 멀뚱히 밖에 서 있는 거. 누굴 기다리는 것 같지도 않았단 말이지. 차라리 담배라도 물고 있었으면 그러려니 했을 텐데 그러지도 않았고, 핸드폰을 쳐다보면서 시간을 때우고 있지도 않았어. 그냥 그 자리에 서 있다가, 내 쪽으로 고개를 돌린 거란 말이야.

잠깐이지만 괜히 소름이 돋아서… 그 사람 앞을 지나가기가 좀 그렇다는 생각이 들었어. 다른 길로 돌아

갈까 했는데, 좀 그렇잖아. 갑자기 방향을 틀면 괜히 그
게 더 이상해 보일 것 같고. 그래서 그냥 핸드폰을 꺼
내 들고 화면을 보는 척하면서 가던 길을 계속 걸었어.

그때까지는 솔직히 뭔 일 나겠나 싶었어. 아무래도
학교잖아. 밤에도 경비원들 돌아다니고, 나 말고도 분
명 여기저기 사람들 있을 테고. CCTV도 있고…. 근데
핸드폰을 보면서 걷고 있는데, 문득 깨달았어. 학교가
평소랑 달리 이상하게 조용한 거야. 불 켜진 강의실 하
나가 보이질 않았어. 응, 꼭 오늘, 지금처럼. 그땐 그나
마 산 쪽에서 벌레 소리들이 희미하게 들려오긴 했는
데, 정말 들리는 소리는 딱 그뿐이었어.

핸드폰을 보고 있는데도 그 사람 시선이 계속 느껴
지더라. 기분 탓일 수도 있지만…. 괜히 찜찜해서 핸드
폰 화면을 더 밝게 하고는 걸음을 재촉했어. 혹시 눈이
라도 마주칠까 봐 그쪽은 아예 쳐다보지도 않았지. 그
땐 솔직히 귀신이라고까진 생각 못 하고, 시비라도 붙
을까 봐 그랬던 것 같아. 그때까지만 해도… 사람이 세
상에서 제일 무섭다고 생각했었거든.

혹시 몰라서, 그러니까 나한테 달려들기라도 할까
봐 진짜 귀에 온 집중을 하고 길을 걸었어. 다행히 별
다른 인기척은 없었고, 난 그 사람이랑 최대한 멀찍이

떨어져서 이 길을 지나갔어. 그러면서도 도서관으로 돌아갈 때는 다른 길로 가야겠다고 생각했지.

근데 말이야… 건물에 들어서서 계단을 오르는데 뭔가 이상한 게 보이는 거야. 3층을 막 지날 때쯤, 그러니까 위로 더 올라가려고 막 몸을 돌리는데, 계단 틈 사이로 시커먼 사람 하나가 따라 올라오는 게 보이는 거 있지.

불빛이라곤 내 핸드폰 화면에서 나오는 것밖에 없었는데도, 온 사방이 그렇게 어두컴컴한데도 그게 누군진 단박에 알 수 있었어. 얼굴은 제대로 못 봤어도, 키가 정말 말도 안 되게 컸으니까. 그 사람이, 발소리 하나 없이 내 뒤를 따라오고 있었던 거야!

난 정말 깜짝 놀라서 계단을 뛰어올랐어. 그러고는 아차 싶었지. 계단을 올라오는 게 아니라, 다른 계단을 향해 바로 달려갔어야 했다고 말이야.

나는 4층에 올라가서야 다른 계단을 향해 복도를 달리기 시작했어. 사물함에 놓고 온 자료? 그런 건 이미 안중에도 없었지. 다른 계단에 도착하자마자 미친 듯이 아래로 뛰어가기 시작했어. 혹시나 그 사람이 아래에서 날 기다리고 있을까 봐 온 신경을 집중하면서, 그러면서도 최선을 다해서 계단을 뛰어 내려갔어.

근데… 귀신에 홀린다는 게 그런 건가 보더라. 내려가도 내려가도 계단이 끝나질 않는 거야. 농담이 아니야, 정말이라고. 몇 번이고 눈을 비비고 확인했어. 계단을 내려가고만 있을 뿐인데, 계속 3층 아니면 4층만 나타나는 거야.

그걸 깨닫고 나니까, 그때부터 무서워서 눈물이 나더라.

이게 뭔가 싶었지. 그러다가 문득 복도를 돌아보는데, 그 시커먼 인간이 4층 복도를 천천히 가로지르며 내 쪽으로 다가오는 게 보이는 거야. 난 나도 모르게 소리를 질러 대며 아래로 내달렸어. 3층으로 내려가서 다른 계단을 향해 다시 뛰었어. 그런데 그때 눈앞에 화장실이 보였어.

나는 바보같이 숨겠다고 화장실로 들어갔어. 아마 반대쪽 계단도 어차피 똑같을 거라고 생각했던 것 같아. 불도 안 켜고 화장실로 들어가서는, 가장 안쪽 칸막이 안에 들어가 변기 위에 웅크리듯이 쪼그려 앉았어. 경찰이든 친구들한테든 전화라도 해보려는데, 어떻게 된 건지 핸드폰도 먹통이더라. 할 수 있는 게 아무것도 없었어. 그러다가 이내 핸드폰 불빛이 밖으로 새 나가면 괜히 위치마저 들킬 거라는 생각에, 핸드폰 화면도 꺼버리곤 숨죽이고 앉아 있었어."

선배는 거기까지 얘기하고는 말을 멈췄습니다. 저는 꽤 재미있게 말을 듣고 있던 터라 선배에게 물었습니다.

"그래서 어떻게 됐어요?"

"어떻게 됐는지… 더 듣고 싶어?"

선배는 정말 소름 돋는 목소리로 되물었습니다. 그때만 해도 저는 그게 그냥 분위기 탓이려니, 아니면 그 분위기를 위해서 일부러 그러려니 했었습니다.

"그럼 들어가볼래?"

선배가 앞을 가리키며 다시 물었습니다.

저희는 어느새 과 건물 앞에, 그러니까 선배가 화장실에 몸을 숨겼다던 그 건물 앞에 도착해 있었습니다. 네, 지금 우리가 보고 있는 바로 이 건물 말입니다.

"들어가면 얘기해줄게."

저는… 알겠다고 했습니다. 다음 내용이 궁금하기도 했고, 뭔가 담력 시험하는 기분이기도 했거든요. 학교가 너무 조용한 탓인지, 아니면 얘기를 들으며 온 탓인지 매일 보던 건물이 더 크고 음울해 보이기도 했습니다.

저는 선배를 따라 건물 안으로 들어갔습니다. 선배

의 말대로, 학생이 빠져나간 과 건물은 괜스레 더 어두워 보였습니다.

"그래서, 어떻게 됐는데요?"

선배는 아주 천천히 계단을 올라가며 말을 이었습니다.

"모르겠어. 10분? 20분? 그냥 바들바들 떨면서 숨 죽이고 앉아 있었어. 어쩌면 그보다 더 오래 걸렸을 수도 있고, 반대로 훨씬 조금 걸렸을 수도 있지. 정말 시간이 어떻게 가는지, 얼마나 지났는지 알 수가 없더라.

그때는 한여름이었는데도 정말 온몸이 추워서 바들바들 떨렸어. 무서워서 그랬을 수도 있는데, 정말 엄청 춥더라고. 1분 1초가 정말 지옥 같았어. 그러다 보니까, 한참 지난 데다가 너무 춥다 보니까, 나도 모르게 숨소리가 조금 커져 있더라. 그걸 깨닫고 아차 하는 순간, 노크 소리가 들렸어.

똑똑.

정확하게, 내 눈앞에서, 내가 숨은 칸막이 문에서 나는 소리였어.

나는 입을 틀어막고 문을 바라봤어. 잘못 들은 것이길 바랐어. 진짜 순식간에 소름이 온몸을 쓸어서

털이 다 쭈뼛쭈뼛 서는데, 쪼그라들다 못해 죽을 거 같은 거 있지. 근데, 그 노크 이후로 한동안 아무 소리도 들리질 않는 거야. 아무 일도 일어나질 않아서, 정말 잘못 들은 건가 싶었어. 그렇게 한참 지나서 약간 숨을 돌리려는데, 다시

똑똑

노크 소리가 들리더라.

이번엔 확실했어. 더 이상 잘못 들었다고 우길 수도 없었어.

나도 모르게 문 아래로 시선을 내렸는데, 문 앞에 서 있는 검은 그림자 같은 게 보였어. 사람 발이나 신발이라고 하기엔 좀 이상한, 그런 그림자가 화장실 문 밑으로 보이는 거야.

근데 그 사람… 말도 안 되게 키가 크다고 얘기했잖아. 뭐에 홀린 듯 고개를 올려서 위를 쳐다봤어. 역시나, 화장실 칸막이 위로, 검은 머리 하나가 날 내려다보고 있더라.

'으악!'

너무 놀라서 반쯤 자빠지면서 비명을 지르는데, 그 사람이 다시 문을 두드렸어.

똑똑. 그러곤

'저기요…? 괜찮아요?'

하고, 말까지 걸더라.

난 거의 변기에 붙어버릴 듯 몸을 움츠린 채 그 사람을 올려다봤어. 너무 어두워서 얼굴은 잘 보이지 않는데, 그 사람 목소리가, 생각보다 너무 멀쩡한 거야. 아니, 멀쩡하다기보다는, 뭔가 이질적이고 섬뜩한데, 생각보다는 멀쩡한 그런 목소리. 그게 덜컥덜컥 문을 당겨대면서 다시 말했어.

'저기요. 문 좀 열어봐요.'

근데, 아무리 생각해도 이상하잖아. 그렇지? 그렇게 빤히 날 내려다보면서, 문 좀 열어보라는 게. 나, 그때 그 사람 얼굴을 봐야겠다 싶었어. 무슨 생각으로 그랬는지 모르겠는데, 핸드폰 화면을 켜서 불빛을 그 사람 얼굴 쪽으로 들이밀었어."

그때 선배는 거의 울먹이고 있었습니다. 정말로 그 일을 직접 겪어본 사람처럼, 심지어 당장 그 일을 겪고 있는 사람처럼 벌벌 떨었어요. 선배는 거기서 다시 말을 멈췄습니다. 말을 할지 말아야 할지, 아니면 다른 뭔가를 해야 할지 말아야 할지 고민하는 사람처럼 보였어요. 저는 조심스레 물었습니다.

"그래서요?"

선배는 고개를 돌려 제 눈을 바라봤습니다. 그리고 한참이나 제 입술을 깨문 끝에야 차분히, 아주 작게 대답했습니다.

"사람이 아니었어."

"네?"

"사람이 아니었다고. 그렇게 정상적인 목소리를 낼 만한 뭔가가 아니었어."

"그게 무슨… 어떻게 생겼는데요?"

제가 다시 물었습니다. 하지만 그때 선배는 못 들었다는 듯이 다음 이야기를 늘어놨습니다.

"근데 그게, 그것도 내가 제 얼굴을 확인한 걸 아는지 문을 쾅쾅 두드리기 시작하더라. 노크 소리도 목소리도 사라졌어. 대신 이상한 웃음소리 비슷한 걸 내면서 계속 부셔낼 듯 문을 두드리는 거야.

쾅. 쾅. 쾅, 쾅!

그래서 어떻게 했냐고? 울면서 화장실 문을 붙잡았지. 방법이 없었어. 부디 해 뜰 때까지만 버틸 수 있었으면 하고 바랐어. 상대는 귀신이니까. 귀신인지는 몰라도 사람은 아니니까, 해가 뜨면 괜찮아질 거라고 생각했어. 적어도 다른 사람이 학교에 오면, 날 도와주지 않을까 싶었어.

© Moon Junsu

그날 밤을 어떻게, 어떤 정신으로 버텼는지 아직도 모르겠어. 다행인 건 해가 뜨고 다른 사람들이 하나둘 나타나니까, 그건 정말 언제 있었냐는 듯이 눈앞에서 사라졌다는 거야.

그때는 뭐에 홀린 건가 싶었어. 꿈을 꾼 건가도 싶었어. 근데, 그게 아니더라….”

선배는 그렇게 말하며 걸음을 멈췄습니다. 잠깐의 정적이 흐르는 동안, 우리는 계단 위에 그렇게 서 있었습니다. 선배는 이내 길게 심호흡을 하고는, 조심스레 다시 말했습니다.

“그게, 밤마다 날 찾아오더라. 밤마다 찾아와서 우리 집 문을 두드려. 그렇게 쿵쾅대고 웃어대는데, 옆집 사람들은 들리지도 않는지 나와보지도 않아. 누구라도 같이 있으면 모르겠는데, 혼자 있는 순간이면 어김없이 그래. 잠깐이라도 날 괴롭히지 않고는 못 견디겠다는 듯이…. 쿵. 쿵. 쿵. 덕분에, 이번 학기 내내 방에서 자본 적이 거의 없다. 사람이 한 명이라도 더 많은 곳에 있어야 조금이나마 마음이 편했거든….”

저는 그때서야 이상한 낌새를 느끼곤 선배를 바라봤어요. 제가 물었습니다.

“그러니까, 지금 그것 때문에 매일 도서관에 있었

다는… 그런 얘기예요?"

선배는, 거의 우는 얼굴로 가만히 고개를 끄덕였습
니다.

"지금까지 말한 게 다 진짜라는 거예요?"

선배는 대답 없이 계단을 두어 칸 내려갔습니다. 그
렇게 저보다 한 칸 정도 더 밑으로 내려가서는, 그제야
입을 열었습니다.

"그게 어떻게 생겼는지, 궁금하다고 했지…?"

"네….'

"그럼 직접 네 눈으로 봐!"

그리고 갑작스레 선배가 날 밀쳤습니다.

저는 영문도 모른 채 뒤로 밀려 계단에 주저앉았죠.
선배는 날 밀치자마자 미친 사람처럼 계단 아래로 뛰
어 내려갔습니다. 저 아래에서 미안하다는 말이 들린
것도 같았는데, 확실하진 않아요. 그리고 그게 중요한
게 아니었습니다.

층계참의 번호를 보니 전 어느새 4층에 올라와 있
었어요. 소름이 돋았습니다. 이게 장난이라면 정도가
너무 지나치다는 생각에, 선배에게 따지기 위해 저도
계단을 뛰어 내려갔어요. 그런데요, 선배 말이 정말 사
실이더라고요.

3층, 4층.

3층, 4층.

아무리 뛰어도 계단이 정말 끝나지를 않았습니다. 그리고 2층 계단 쪽에서, 크고 시커먼 무언가가 천천히 올라오고 있었습니다. 그 끔찍한 웃음소리가, 지금도 귀에 들리는 것만 같아요. 네, 바로 우리 뒤에서 말이에요.

그날 밤은, 그래요, 그날 밤은 정말 지옥 같은 밤이었습니다.

그래서, 그날 어떻게 됐냐고요? 글쎄요…. 어땠을 것 같나요?

저는 다음 날 아침이 되어서야 그 선배 새끼를 다시 찾기 위해 온 사방을 뒤질 수 있었습니다. 근데 그 자식은 이미 도망친 뒤였어요. 도저히 찾을 수가 없었습니다.

저는 그렇게 며칠을 더 시달린 뒤에야 용하다는 무당을 찾아갔습니다. 무당이 저를 보자마자 혀를 차더군요. 그리고 이 빌어먹을 괴물한테서 벗어나려면… 나 대신 다른 사람을 놈에게 던져줘야 한다는 걸 가르쳐줬습니다.

그래서… 그날 밤에 어떻게 됐는지 궁금하다고 했죠?

지금부터 직접 겪어보세요. 놈이, 바로 당신 뒤에 있습니다.

미안합니다.

완벽한 죽음을 팝니다

✦ 2017년 《단편들, 한국 공포 문학의 밤》(황금가지) 수록

번들거리는 대리석 벽재 사이에 구식 아파트의 현관문 같은 것이 뜬금없이 서 있었다. 검고 투박한, 잘못 열면 빌딩이 무너지도록 삐그덕 소리를 낼 만한 그런 놈이었다.

'서울 한복판 금싸라기 빌딩에 문패조차 없는 사무실이라.'

태호는 한참이나 문을 노려본 끝에 살짝 떨리는 손으로 손잡이를 잡아당겼다.

"무슨 일로 오셨나요?"

안내데스크의 젊은 여자가 사람 좋은 미소로 그를 맞았다.

"저…, 최민현 선생님을 만나러 왔습니다."

태호가 우물거리며 대답했다. 예상외로 멀쩡한 공간이었다. 정말 이곳에 최민현이란 사람이 있기는 한 걸까?

"성함이 어떻게 되시죠?"

"정태호요."

"아….."

안내원이 서류뭉치를 뒤적이더니 작은 포스트잇 하나를 집어 들었다.

"선생님께서 기다리고 계셨어요. 잠시만 앉아서 기다려 주시겠어요? 차례 되시면 말씀드릴게요."

"기다리셨다고요?"

"예, 어제부터요."

안내원이 밝게 웃으며 대답했다.

기다렸다고? 태호가 의아하게 머리를 긁적였다.

태호는 비교적 한적한 자리에 앉아 주변을 둘러보았다. 소파가 줄줄이 늘어선 것이 사무실이라기보다 병원에 가까운 느낌이었다. 딱 환자들이 앉아서 대기하고 있는 그런 곳. 하지만 비싼 건축재와 갖가지 인테리어 소품이 사방에 가득하고 발로 밟기 겁날 정도로 부드러운 카펫이 조명과 잘 어울리는, 부담스러울 정도로 고급스러운 분위기를 자아내는 곳이었다. 하다 못해 벽에는 200인치는 가뿐히 넘겠다 싶은 대형 TV 도 걸려 있어서 저런 건 대체 어디서 구하는지 궁금할 지경이었다.

소파에는 태호 이외에도 스무 명 남짓한 사람들이 앉아 있었다. 다들 어쩌다 여기까지 오게 됐을까. 몇몇 은 이해가 갈 법도 했다. 그들은 의욕도 없는 삶에 찌 들어 이미 죽어가고 있는 것 같았다. 하지만 명품으로 온몸을 도배한 저 사람은….

'뭐, 저마다 사정이 있겠지.'

태호가 한숨을 내쉬었다. 복장도 생김새도 전혀 다 르지만 사람들의 얼굴엔 한결같이 체념이 담겨 있었 다. 태호는 모두의 얼굴을 찬찬히 훑어보다가, 결국 TV 를 향해 고개를 돌렸다.

TV에선 앵커가 연달아 터진 경제난에 대해 신나게 떠들고 있었다. 사십 대 남자가 자신을 해고한 공장에 불을 지르다 붙잡힌 모습이 나오고, 성남에서 일어난 모녀 살해사건의 용의자 신상정보가 뒤를 이었다. 자 살 소식은 너무 많다 못해 화면 아래에 카운트되는 신 세였다.

원주시 김우영 47. 서울시 민지혜 27. 청원군 이서

훈…. 그사이에 이름이 한 명 더 늘어서, 오늘의 자살 사건은 집계된 것만 82건이 되었다. 태호는 이 모든 게 돈 때문이라고 생각했다. 가진 게 없으면, 나라가 망하는 것도 순식간이었다.

망할 놈의 뉴스는 계속 개떡 같은 소식만을 전하고 있었다.

'이러이러해서 나라가 어렵고, 또 이렇게 누가 죽었습니다.'

사람들은 의식적으로 TV를 외면했다. 하지만 외면하는 것만으로는 아나운서의 무감각한 목소리를 막을 길이 없었고, 그 비싸고 화려한 공간엔 나쁜 소식만이 계속 울려 퍼졌다.

사람들이 차례차례 안내데스크의 뒤쪽으로 사라지고, 또 그만큼의 사람들이 새로 들어와 소파를 채웠다. 안내원은 한 시간이 지나서야 태호의 이름을 불렀다. 그는 반가움과 두려움을 반씩 섞어 휘저으며 자리에서 일어났다.

"4번 상담실로 들어가세요."

안내원이 복도를 가리키며 여전히 사람 좋은 미소로 말했다.

복도에는 좌우 여섯 개씩 총 열두 개의 각기 다른

조각이 새겨진 대리석 문들이 늘어서 있었다. 4번 상담실에는 금화 더미가 새겨져 있었는데 금화 한 닢마다 그 안에 그려진 사람이며 테두리의 자잘한 주름까지 묘사돼 있는 게 상당히 인상적이었다. 태호는 꼭 동전이 넘쳐흐를 것만 같아서 조심스럽게 문을 밀었다.

나무로 도배된 아늑한 공간이 태호를 맞이했다. 고풍스럽다 못해 사치스럽기까지 한 그곳은 천장에도 벽에도, 장식용으로 만들어놓았을 벽난로 위에도 금으로 만들어진 장식품들이 가득했다. 황금 샹들리에, 황금 촛대, 벽난로 위에 세워진 작은 황금 기사 동상. 하다못해 벽에 걸려 있는 큼지막한 사슴 머리도 황금이었다. 방 한가운데는 편해 보이는 적갈색 의자와, 격이 다르게 비싸 보이는 의자가 큼지막한 테이블 하나를 사이에 두고 마주 보도록 놓여 있었다. 그 비싸 보이는 의자에 앉아 태호를 느긋이 바라보는 남자가, '최민현'인 듯싶었다.

"앉아요."

남자가 말했다.

태호는 남자의 얼굴을 보고 적잖이 당황했다. 남자는 이십 대 초반이나 됐을까 싶은 어린애였다. 피부는 하얗다 못해 빛이 나고 있었고, 표정은 개구지다 못해

철이 덜 들어 보였다.

"앉아요, 정태호 씨. 무슨 생각 하시는지 압니다."

남자가 재차 말했다.

태호는 주춤거리며 자리에 앉았다. 이렇게 보니 남자의 앉은키가 태호보다 머리 하나는 더 높았다.

"어제쯤 올 거라 생각했는데 의외로 늦게 오셨군요. 가끔 그러는 분들이 있지요. 뭐 상관은 없습니다."

남자가 고개를 끄덕이며 밝게 말했다.

태호는 최민현이 지긋이 나이 먹은 사람일 거라고, 못해도 사오십 대는 넘었을 거라고 생각했었다. 뭔가 잘못됐다는 느낌이 공기처럼 스며들었다.

테이블 위에는 빈 와인잔 한 개와 수북한 서류뭉치들이 부산스럽게 널려 있었다. 금색 각인을 새긴 기다란 명패도 있었는데, 내용은커녕 어느 나라의 글자인지조차 알아볼 수 없었다. 로마자로 표기된 IV자 하나가 태호가 해석할 수 있는 전부였다.

4번.

"아시겠지만 저는 최민현이 아닙니다."

남자가 웃으며 말했다.

"사실 이름 따위야 아무렴 어떻습니까. 그냥 편하게 선생님이라고 부르세요. 일전에 만나 뵌 적이 있었죠?"

"글쎄요. 잘 모르겠는데요."

태호가 얼떨떨하게 대답했다.

"아뇨. 분명히 만났습니다. 그러니 태호 씨가 제 앞에 앉아 있는 거죠. 이틀 전에 꾼 꿈. 기억 안 난다곤 말 못 하실 텐데요?"

무슨 소릴까. 태호가 멍청한 표정으로 남자를 바라봤다. 그런 꿈을 꾸기는 했다. 하지만….

"일반적인 상식으론 이해하시기 힘들겠지만, 정태호 씨의 꿈에 찾아간 것도 저고, 머리맡에 명함을 놓고 온 것도 접니다. 따지고 보면 영업도 겸하는 셈이니 일이 썩 쉬운 편은 아닌 거죠."

남자는 뭐가 그리 재밌는지 웃음기를 가시지 않았다. 그러고는 서랍을 뒤져 빳빳한 명함 한 장을 꺼내 태호에게 내밀었다.

완벽한 죽음을 팝니다

담당자

서울시 강남구 압구정동 골든피크 빌딩 7층 엘리베이터 좌측 두 번째 문

태호는 명함을 받아 들고는 주머니에 있는 또 다른 명함을 꼼지락거렸다. 담당자 옆에 '최민현'이란 이름이 빠진 것을 빼고는, 이틀 전 아침 머리맡에 홀연히 나타난 그 명함과 똑같았다.

"말씀드렸다시피 타인의 죽음은 의뢰하실 수 없습니다. 그건 살인 청부업이나 매한가지고, 결국 범죄니까요. 저희 회사는 오직 의뢰 당사자, 즉 고객님 본인의 죽음만을 판매합니다. 꿈에 그리던 홀가분한 죽음을 말이죠."

남자가 웃으며 태호를 바라봤다. 남자의 눈이 장난감이라도 얻은 어린애처럼 이글거렸다.

"정말 죽고 싶습니까?"

태호는 뭐라 대답해야 할지 고민했다. 죽고 싶을 정도로 삶이 힘들었고, 그래서 정말 죽고 싶은 마음에 이곳에 찾아왔다. 하지만 뭔가 꺼림칙하니 이상했다. 내가 지금 제정신인가?

난 왜 여기 있지?

"이런, 죽고 싶으니까 여기 있는 거죠."

남자가 대뜸 말했다.

"태호 씨는 몇 달 동안 매일 밤 죽고 싶다고 기도를 했어요. 확실히 제정신은 아닌 거죠. 그래서 제가 약간

완벽한 죽음을 팝니다

담당자 최 민 현

손을 써서 태호 씨를 여기까지 불러낸 거라면, 좀 우스운 얘긴가요?"

태호가 놀란 눈으로 남자를 바라봤다. 태호는 자신이 미친놈처럼 혼잣말을 한 건 아닌가 생각해보았는데 그건 확실히 아니었다.

"어쨌든 태호 씨가 제 명함을 보고 여기까지 찾아오셨다는 게 중요합니다. 모든 고객분이 그랬듯이, 지금부터가 진짜 중요한 거죠."

"이봐요. 내가 언제 무슨 기도를 했는지 당신이 어떻게 알고 있죠?"

태호가 물었다. 목소리가 점점 높아졌다.

"언제부터 날 지켜본 겁니까? 생각해보니 머리맡에 명함을 두고 간 것도 정말 당신 짓입니까? 젠장. 술을 하도 처마셔서 기억이 끊긴 줄로만 알았는데! 명함을 대체 어디서 받아 온 건지 한참을 고민했다고요. 집 주소는 어떻게 알아낸 거고, 어떻게 집 안까지 들어왔던 거죠?"

"글쎄요. 일단 진정부터 좀 하시죠."

남자는 여유로운 표정으로 의자에 더 깊게 기대앉았다. 그러고는 태호를 바라보며 잠시 만족스러운 웃음까지 지었다.

"궁금한 게 많으시겠지만 질문은 하나씩 해야 하는 법입니다. 게다가 인간이란 당황하거나 이해를 못 하면 화부터 내는 경향이 있는데, 그건 썩 좋지 못한 버릇이죠."

남자가 와인이 반쯤 찬 와인잔을 집어 들며 킥킥댔다.

와인이라고? 태호는 자신의 눈을 의심했다. 와인은 언제 따른 거지? 분명 빈 잔이었는데?

"물어보신 모든 사항은 사업상 비밀이라 당장 말해 드릴 수는 없습니다. 하지만 태호 씨를 여기까지 모셔 온 힘은… 일종의 최면 같은 거라고 해두죠. 일이 일이 다 보니 고객에게 접근하는 방법이 조금 과격하다는 건 인정합니다."

남자가 잔을 내려놓고는 태호와 눈을 마주했다.

"하지만, 세상은 각자 이익을 추구하기 때문에 움직이는 겁니다. 태호 씨는 속 편히 죽고 싶고, 저희는 돈이 필요합니다. 그렇죠?"

남자의 눈이 대답을 기다리듯 끔뻑였다. 하지만 태호가 아무 말도 하지 않자, 남자는 다시 능글맞게 말을 이었다.

"아시겠지만, 저는 태호 씨의 죽음을 자살 같은 싸

구려가 아닌 좀 더 다듬어진 형태로 만들어드릴 수 있습니다. 죽으시더라도 따님한테 보험금 정도는 남겨줘야 할 것 아닙니까? 요즘 세상에 돈 한 푼 없는 식물인간은 이틀을 못 가서 안락사 처리되고 말 겁니다. 물론 보호자도 있어야겠지요. 저희는 고통 없는 깔끔한 죽음은 물론, 죽고 싶어 죽었음에도 사고사나 자연사로 판명되는 이상적인 서비스를….'

"내 딸아이에 대해서도 알고 있습니까?"

태호가 물었다. 딸에 대한 이야기에 목소리가 떨려왔다.

"저희 회사는 모르는 게 없습니다."

남자가 싱긋 웃으며 대답했다.

"그리고 따님을 도와드릴 수도 있죠. 태호 씨가 굳이 여기까지 찾아온 이유도 결국 따님 때문 아닌가요? 다시 묻겠습니다. 정말 죽고 싶습니까?"

태호가 고개를 들고 남자를 빤히 쳐다봤다. 죽고 싶냐고 물으면, 그래, 정말 죽고 싶었다. 이 엿 같은 세상에서 벗어나고 싶었다. 하지만 내가 죽으면, 딸아이는 어떻게 되는 걸까? 딸은 태호가 세상을 등질 수 없는 유일한 책임이자 이유였다. 더군다나 딸아이는 사고로 의식을 잃었고, 당연히 스스로를 지킬 힘도

능력도 없었다.

그 사고만 아니었더라면.

태호는 힘없이 고개를 떨궜다. 태호에겐 딸을 지켜 줄 힘이 남아 있지 않았다. 목숨보다 무거운 병원비가 온몸을 찍어 눌렀다.

"뭐, 됐습니다. 절차상 물어봤을 뿐이에요."

남자가 말했다.

"여기에 제 발로 찾아오신 순간 이미 대답은 정해 진 거겠죠. 제가 이래저래 수를 좀 쓰긴 했지만, 정말 죽고 싶지 않았다면 제가 무슨 수를 쓰든 태호 씨는 여기에 오지 않으셨을 겁니다. 어차피 태호 씨는 한 달 이내에 고층빌딩에서 투신할 운명이었어요. 확률 통계 적인 이야기입니다만, 사람이 견딜 수 있는 스트레스 의 한계치라는 게 있거든요."

남자는 다시 잔을 집어 들었다.

"태호 씨도 한잔하시겠어요? 술만큼 긴장을 푸는 데 도움이 되는 것도 없지요."

남자는 태호가 뭐라 대답하기도 전에 서랍에서 잔 하나를 더 꺼내 피처럼 붉은 와인을 반쯤 따라 태호 에게 건넸다. 태호는 얼떨결에 그것을 받아들였다. 좋 아하는 술은 아니었으나 주는 술을 사양하는 성격도 아니었다.

"필요하시면 담배도 피우셔도 됩니다."

남자가 검은색 재떨이를 내밀며 말했다.

"아뇨, 담배는 끊으려고 노력 중입니다."

태호가 힘없이 대답했다.

"하지만 재킷 안주머니에 항상 한 갑씩 넣고 다니잖아요?"

남자가 키득거렸다.

"어차피 죽으려고 온 건데 무슨 상관이죠? 괜한 데 집착할 필요 없어요."

태호가 남자를 멍하니 쳐다보았다. 그래, 죽기 위해 이 자리에 온 거였다. 딸아이에게 조금이나마 돈을 남겨주고, 세상을 털어버리고 싶었다.

술을 입에 털어 넣자 담배가 명치를 콕콕 찔렀다.

"아뇨, 정말 괜찮습니다."

태호가 목을 쥐어짜 대답했다.

"그럼 일단 거래를 확정해놓고 얘기를 진행하죠."

남자가 종이 한 장을 내밀며 말했다. 일종의 계약서인 듯했으나 금색 명패처럼 태호가 읽을 수 있는 글자는 거의 없었다.

"대체 뭐라고 쓰여 있는 거죠?"

태호가 종이를 받아 들고 물었다.

"태호 씨에게 흠이 될 만한 내용은 없습니다. 기본적인 합의 약속과 진행 비용에 대한 내용이죠."

"비용이요?"

태호가 미심쩍은 표정으로 종이와 남자를 번갈아 보며 말했다.

"저는 아직 비용에 대한 설명은 듣지 못했습니다."

"걱정하실 필요 없어요."

남자가 웃으며 말했다.

"4번 방에서, 저에게 상담을 받고 계시다는 건 돈 때문에 죽고 싶다는 얘기니까요. 땡전 한 푼 없으시겠죠. 알고 있습니다."

태호는 순간 남자가 자신을 비웃고 있다고 생각했다. 사실이든 아니든, 남자가 재수 없는 놈인 건 확실했다.

"돈이 많다고 꼭 행복한 건 아니라고들 하지만, 돈이 많은데 죽고 싶은 사람은 거의 없습니다. 사람들이 부자들의 자살을 의외로 익숙히 여기는 건, 그들의 죽음이 흔치 않은 특종이라 언론에서 늘 떠들어대기 때문이죠. 부자 한 사람만 죽어도 그 화제로 몇 날 며칠이고 TV에 불을 밝히는데 사람들이 속아 넘어갈 수

밖에요. 제 소관이 아니니 그 사람들이 왜 죽는지는 모릅니다만, 돈 때문에 죽는 사람은 언제나 수두룩하단 건 잘 알고 있습니다. 혹시 대기실에서 뉴스를 보셨다면 오늘 자살한 사람들이 몇 명인지 아십니까?"

"82명이요."

태호가 짧게 대답했다.

"지금은 86명입니다. 경제난 덕분이지요. 요즘은 저희 지점에서 제가 제일 바쁩니다. 물론, 보통 때도 제가 제일 바쁘긴 했지만요. 돈이란 건 확실히 태어날 때부터 죽을 때까지 민감한 문제죠."

남자가 자신의 잔에 연거푸 술을 채우더니 태호를 향해 술병을 들이밀었다. 그리고 태호의 잔에 술을 조금 채워주고는 말을 이었다.

"세상 사정이 이렇다 보니 저희 사장님은…, 고객들에게 돈을 받으면 도저히 장사가 되지 않는다는 걸 깨달으셨죠. 그래서 저희는 고객에게 돈을 받지 않습니다. 고객님이 죽으시면 보험금이 나올 테고, 그 보험금에서 의뢰 비용만큼을 수거해갑니다."

"하지만 난 죽어봐야 보험금이 얼마 나오지도 않을 텐데요. 웬만한 보험은 돈이 급해서 깬 지 오랩니다."

"그것도 걱정하실 필요 없습니다. 이미 저희가 태호

씨 이름으로 보험을 몇 개 들어놨어요. 저희가 받을 돈이니, 그 문제는 저희가 알아서 해결합니다."

"어… 그건, 그렇군요."

태호가 말문이 턱 막혀 무의식적으로 중얼거렸다.

"아주 합리적인 방법이죠."

남자는 본인의 말에 감동이라도 받은 듯 고개를 끄덕였다.

"저희가 가져가는 돈은 원하시는 죽음에 따라 조금 달라지지만, 대체로 보험금의 절반도 안 된다고 보시면 됩니다. 분명 따님께 돈을 남기고 싶다고 얘기하시겠지요? 저희는 그런 것까지 고려해서 일을 처리합니다."

돈, 돈, 돈! 죽는데도 돈이 들다니!

태호는 계약서를 뚫어져라 바라보았다. 꾸불거리는 글씨가 태호의 마음을 휘저었다.

"일단은….."

남자가 펜 하나를 건네며 말했다.

"계약이 먼저겠죠. 원하시는 죽음에 대해서는 서명을 하시든, 도장을 찍으시든 한 후에 천천히 얘기해보도록 합시다. 이 일도 실적이 필요하거든요. 그러니까, 태호 씨는 죽고 싶은 거잖아요? 그렇죠?"

"예…."

스스로가 대답해놓고도 멍청이 같은 소리였다. 남자가 술을 마시며 킬킬거렸고 태호는 홀린 듯 종이에 펜을 들이밀었다.

"어? 이거 잉크가 안 나오는데요?"

태호가 펜을 흔들어 보며 물었다.

"펜으로 손가락을 찌르셔야 합니다."

남자가 대답했다. 남자는 이제 잔뜩 쌓인 서류 더미를 뒤적이고 있었다.

"자세히 보시면 펜 끝이 엄청 뾰족해요. 그걸로 아무 손가락이나 콕 찌르신 다음, 거기서 나오는 피로 도장을 찍으시든 서명을 하시든 하면 됩니다."

펜 끝이 과연 바늘처럼 뾰족했다. 태호는 펜을 바라보고, 종이를 바라보고, 남자를 바라보았다.

"무슨 의미가 있는지는 몰라도 이렇게까지…."

"절차상의 이유입니다."

남자가 태호의 말을 끊었다.

"사장님께서 격식을 따지는 걸 어지간히 좋아하시거든요. 소독이 잘 돼 있으니 걱정하실 필요 없습니다."

남자는 어느새 서류도 술잔도 내려놓은 채 비딱하게 기울인 얼굴로 태호를 응시하고 있었다. 웃음기 빠진 남자의 앳된 얼굴에 적잖은 소름이 돋았다.

태호는 굉장히 우스운 짓이라 생각하면서도 펜으로 왼손 검지를 찔렀다. 그러고는 피로 종이에 이름을 휘갈겨 쓰고, 남자에게 펜과 종이를 건네주었다. 남자는 종이를 돌려받자 다시 웃음기를 되찾았다. 그리고 태호 사인을 보더니 과장되게 박수까지 쳐 보였다.

"현명하시군요. 아주 현명해요."

남자가 말했다.

"간혹 끝까지 사인하기를 두려워하다가 그냥 돌아가시는 분들이 있죠. 죽고 싶어서 온 주제에 정말 죽는다고 생각하니 눈앞이 아득해지는 겁니다. 오오, 불쌍해라. 하지만 태호 씨는 첫 관문을 아주 잘 넘겼어요. 이제 죽을 수 있겠군요!"

남자가 재수 없는 미소를 흘렸다.

'내 목숨을 가지고 장난을 치고 있어.'

화가 났다. 하지만 어리석은 생각이었다. 태호 스스로 이런 장소에 직접 찾아온 터였다. 담배가 한 번 더 명치를 찌르고 눈앞의 재떨이가 유혹했다.

"자 그래서…, 어떻게 죽고 싶으신지는 생각해 오셨습니까?"

남자가 말했다. 태호는 이제 남자의 백지장처럼 하

얀 얼굴이 귀신처럼 보이기 시작했다.

"그저…."

태호가 맥없는 목소리로 대답했다.

"제가 죽어서 우리 아현이라도 살릴 수 있었으면 좋겠습니다."

"말에 어폐가 있군요. 죽어서 살린다라…. 죽음과 삶은 얼핏 동일한 가치를 지닌 듯 보이지만 전혀 그렇지 않습니다. 특히 태호 씨처럼 스스로의 삶을 포기하는 죽음은 더욱 그렇지요. 그건 불가능합니다."

남자가 비웃었다.

"이봐요. 당신은 내가 죽으면 아현이에게 쓸 만한 돈을 줄 수 있다고 했었어요!"

태호가 소리쳤다.

"그게 아니면 내가 왜 여기 있겠습니까?"

"죽고 싶으니까요."

남자가 대답했다.

"제가 언제 태호 씨에게 돈을 준다고 했었죠? 꿈에서요?"

남자가 서류를 내려놓으며 진지함이라곤 찾아볼 수 없는 목소리로 되물었다. 붉으락푸르락해진 태호의 얼굴을 바라보던 남자의 목에서 깨진 유리 같은 웃음

소리가 새어 나왔다.

"맞아요, 제가 그랬었죠. 가벼운 농담입니다. 하지만 저는 따님을 살려드리겠다는 소리는 한 적이 없었어요. 오로지 돈에 대한 이야기였죠. 이해는 합니다만, 일단 진정하세요. 따님이 누워 있는 병원이 어디라고 했죠?"

"알려드린 적 없습니다."

태호가 남자를 노려보며 대답했다.

"따님이 살지 죽을지는 신과 운명이 판단합니다. 살려드릴 수 있다고 장담은 못 하지만, 태호 씨가 죽으면 저희가 앞으로 병원비 정도는 내줄 수 있겠지요. 보아하니 병원비가 꽤 비싼 곳에 누워 있던데요?"

"당신…."

"뭐, 알았습니다."

남자가 손사래를 치며 태호의 말을 끊었다.

"따님의 퇴원까지 지속적인 진료를 보장하지요. 따님이 정말 살아날 운명이라면, 저희도 손익분기점이란 게 있으니 2년 안에 일어날 겁니다. 더 필요하신 건 없습니까?"

태호가 남자를 바라보며 숨을 골랐다.

"아현이를 그 지경으로 만들어놓은 놈…."

태호가 대답했다. 그리고 한참 숨을 고르고, 다시 말했다.

"그놈도 찾아서 죽여주시면 안 됩니까?"

"하얀색 쿠페 말이군요? 안 됩니다."

남자가 망설임 없이 대답했다.

"하얀색 쿠펜지 뭔지는 모릅니다. 하지만…, 당신들이라면 할 수 있잖아요. 도저히 어떻게 안 되겠습니까? 저는 그 자식을 죽이기 전까진 절대 편히 죽을 수 없습니다."

"말씀드렸다시피 다른 사람의 죽음은 의뢰하실 수 없습니다."

남자가 대답했다.

"그럼 관두겠습니다."

태호가 자리에서 일어나며 말했다.

"제가 원하는 죽음은 고작 이런 게 아니에요."

"원하시는 죽음이란 게, 빌딩에서 투신자살하는 건 아니실 텐데요?"

남자가 여유롭게 술잔을 기울이며 말했다.

"저희 사장님은… 뭐랄까 굉장히 고지식한 분입니다. 서명하신 이상, 벗어나실 수 없어요."

"무슨 소리죠?"

"어차피 태호 씨는 곧 죽을 거란 얘기입니다."

남자가 싱긋 웃으며 말했다.

"저 같으면 다시 자리에 앉고, 이왕 죽을 거 좀 더 입맛에 맞게 죽겠어요. 딸을 살리고 싶다, 복수를 하고 싶다, 그게 전부입니까? 우린 지금 태호 씨가 원하는 죽음에 대해 합의를 하고 있는 겁니다. 지금 나가신다면 따님의 병원비 정도만 보장해드릴 수 있겠군요."

"미쳤군."

"세상이 미쳤죠. 이런 데 제 발로 찾아온 당신도 미쳤고요. 일단 자리에 앉아요. 제게 좋은 방법이 있습니다."

'아니, 미친놈은 내가 아니라 너야.'

태호가 이를 갈았다.

남자는 태호를 한참 바라보더니, 태호가 자리에 앉을 생각을 하지 않자 대뜸 말을 이었다.

"따님을 치고 도망간 사람은 이십 대 중반의 여자분입니다. 부모도 좀 살고, 학력도 나쁘지 않고, 뭐 딱히 문제가 있는 사람은 아닙니다만… 그날은 술을 좀 먹었더군요. 저희가 그분을 죽여드릴 순 없지만 원하신다면 응당한 죗값을 치르게 할 수는 있습니다. 또 태호 씨가 죽기 전에 직접 한 방 먹여줄 기회도 만들어드릴 수 있죠."

"아뇨, 못 믿겠습니다."

태호가 눈앞의 명패를 노려보며 물었다.

"어떻게 그렇게까지 알고 있는 거죠? 뭘 보고 당신을 믿어야 합니까? 보험금 얘기까지는, 그래요, 믿겠습니다. 당신들도 뭔가 돈이 되는 일이니까 이 짓을 하고 있겠죠. 하지만 그냥 날 죽여놓고 끝내려는 거 아닙니까? 어차피 내가 죽어버리면 아무도 모르는 일일 테니, 병원비니 하얀 쿠페니 하면서 되는 대로 지껄이는 거 아니냐고요."

"아닙니다. 저희는⋯."

"하다못해 난 당신 이름도 모른다고!"

태호가 소리쳤다.

"어차피 죽을 사람이 남의 이름이 그렇게 중요합니까?"

남자가 말했다. 술을 마시며 미소 짓는 남자의 입이, 이번엔 확실히 비웃음을 띠었다.

"제 이름은 너무 많아서 다 열거할 수 없습니다. 굳이 따지자면 제 이름은 '돈'입니다. '마몬'이라고도 하죠."

"그게 무슨 소리….."

"당신은 계약서에 서명을 했고, 어차피 죽습니다."

이번엔 남자가 태호의 말을 끊었다.

"선의를 베풀 때 조용히 자리에 앉으세요."

"싫다면 어쩔 겁니까?"

"강제로 앉히면 되지요."

남자가 태호를 노려보며 대답했다.

태호는 자신이 헛것을 보는 건지 의심하며 연거푸 눈을 비볐다. 남자의 눈이 뻥 뚫린 붉은 구멍처럼 변해 있었다. 텅 빈, 끝없는 눈구멍이 붉게 타오르자 태호의 몸이 스스로 의자에 주저앉았다. 힘이 탁 풀려 혓바닥조차 꼼짝할 수 없었다. 죽음, 그리고 공포가 태호를 집어삼켰다.

무슨 일이 벌어진 거지? 태호는 의자에 힘없이 늘어져 가까스로 고개를 흔들었다. 남자의 눈은 언제 그랬냐는 듯 평범했다. 싱긋거리는 저 재수 없는 눈매. 뭔가 걸려도 단단히 잘못 걸렸다는 생각이 들었다. 식은땀에 온몸이 축축했다.

"나한테 왜 이러는 겁니까?"

태호가 잔뜩 떨리는 목소리로 물었다. 개미가 기어가는 것 같은 목소리였다.

"사실 우리는 태호 씨가 아니라 누구라도 상관이 없습니다."

남자가 다시 서류를 뒤적거리며 말했다. 남자는 종이에 무언가를 놀라운 속도로 휘갈겨 쓰고 있었다.

"죽고 싶다고, 하지만 이대로는 죽을 수 없다고 매일 밤 간절히 기도한 것도 태호 씨고, 여기 직접 찾아온 것도 태호 씨인 거죠."

"나는… 당신 같은 사람한테 기도한 게 아니야."

태호가 중얼거렸다.

"오! 당신의 그 위대한 신! 하지만 세상에 자신이든 타인이든 누굴 죽여달라고 기도하는데 천사를 내려주는 신은 없어요."

남자가 대놓고 태호를 비웃었다.

"뭐 따지자면 그 기도 때문에 제가 태호 씨를 만났으니 저도 신이 부리는 직원 정도는 될지도 모르겠군요. 태호 씨만의 천사랄까요."

태호는 얼이 빠져 멍청하게 남자를 바라보았다. 남자는 뭐가 그리 신났는지 서류를 정리하고, 술을 마시고, 태호를 놀려댔다.

난 왜 여기에 있는 거지? 그래, 그날도 어김없이 기도를 하다가 잠이 들었지. 이 엿 같은 세상에서 벗어나고 싶다는 기도를 말이야. 그러다가 꿈에서 누군가를 만나고, 일어나보니 명함이 놓여 있고, 신의 계시라도 받은 것처럼 미친 척 여기까지 찾아왔고, 그리고….

"완전히 끝내버리는 겁니다."

남자가 킬킬거리며 설명을 이었다.

"그래도 찍소리도 못하고 혼자 뛰어내려 죽는 것보 단, 뭐라도 남기고 가는 게 좋지 않겠습니까? 태호 씨 는 딸을 위해 돈을 구하고, 우리도 돈을 구하는 거죠. 서비스로 10퍼센트 할인된 가격에 죽을 때 유명세까 지 얹어드리겠습니다. 어때요?"

"씨발. 이게 다 그놈의 돈 때문이었어."

태호의 침통한 눈빛이 바닥을 때렸다.

"반은 맞는 말입니다. 저는 돈 때문에 이 일을 하고 있죠. 이미 미국을 수백 번 사버리고도 남을 만한 돈 이 있습니다만, 저는 돈을 버는 게 좋습니다. 돈은 많 으면 많을수록 좋은 거죠."

남자가 고개를 끄덕이며 행복한 미소로 말했다.

"하지만 우리 사장님은 꼭 돈 때문에 이 일을 하시 는 게 아닙니다. 당신이 남길 영혼의 틀이 필요해요. 인간들이 좀 죽어줘야 세상이 돌아갈 판이거든요. 담 배 피우시겠어요?"

남자가 재떨이를 내밀며 다시 물었다. 태호는 어느새 안주머니의 담뱃갑을 만지작거리고 있었고, 담배가 절실히 필요했다. 그 더러운 연기가 없으면 죽기 전에 미쳐버릴 것 같았다.

"예, 그럼 한 대만 피우겠습니다."

태호가 약한 목소리로 대답했다.

"몇십 대를 피우시든 상관없습니다."

남자가 손을 내저으며 웃었다. 그리고 점잖게 태호가 담배를 꺼내 불을 붙일 때까지 기다렸다.

"인간들은 너무 오래 살고, 또 너무 개체 수가 많아졌어요. 이 세상에 할당된 영혼의 수는 한정돼 있는데, 인간의 욕심이 도를 넘어선 지 오래였죠. 인간들은 무의식적으로 그 한계를 지키기 위해 전쟁을 벌여 서로를 죽여 왔습니다. 아이도 조금만 낳고, 다른 동식물들도 죽여 왔죠. 한데… 이제는 그것도 슬슬 무리예요. 생명체라고는 동물원의 몇 마리를 빼면 인간이 전부라고 생각해봐요. 끔찍하지 않습니까?"

남자의 이야기는 더 이상 귀에 들어오지 않았다. 문득 딸아이의 얼굴이 생각나고, 정말 죽는다고 생각하니 죽고 싶지 않아졌다. 너무 무서웠다. 순식간에 담배한 대가 폐 속으로 들어가버려 태호는 떨리는 손으로 새 담배를 꺼내 들었다. 이번엔 남자가 손수 불을 붙여주었다.

태호가 더듬거리며 말했다.

"돈 때문이면…. 얼마면 되겠습니까? 달라는 대로 드릴 테니 없던 일로…."

"이해를 못 하셨군요."

남자가 정색하며 바로 말했다.

"저는 돈 때문에 이 일을 하지만 저희 사장님은 돈 때문에 당신에게 죽음을 파는 게 아닙니다. 그냥 심장마비 같은 처방으로 눌러 죽여도 될 일을 자비를 베풀어 진행하고 계시는 거예요. 그분은 돈이 필요한 게 아니시고, 이미 얘기는 끝났습니다."

남자의 목소리는 소름 끼치게 섬뜩하고 차가웠다. 가까이 다가온 죽음의 목소리. 그래. 딱 그랬다. 태호의 손이 담배를 떨어뜨리지는 않을까 걱정될 정도로 떨려왔다.

내가 무슨 짓을 한 걸까. 왜 죽고 싶다고 생각했을까. 돈 때문에? 내가 죽으면 우리 아현이는 어떻게 하지? 이런 놈한테 딸을 믿고 맡겨도 되는 걸까?

밝게 웃으며 아빠, 아빠를 연발하던 딸아이의 어린 시절이 담배 연기와 함께 머리를 가득 채웠다. 아현이가 처음 교복을 입었던 모습도, 아내가 긴 투병 끝에 죽었을 때 옆에서 오열하던 눈물범벅의 모습도 눈앞에 아른거렸다. 그리고 지금, 병원에 누워 죽은 인형처럼 잠들어 있는 아이의 모습도….

"돈을….'

"직장도 잃고, 그나마 가지고 있던 돈도 딸아이 병원비로 다 날리신 마당에 무슨 돈이 있다고 그런 말씀을 하시는지 잘 모르겠군요."

남자가 원래의 표정으로 돌아와 싱긋 웃었다.

"태호 씨, 당신 통장에는 지금 꼴랑 17만 3천 원이 들어 있습니다. 그마저도 곧 이런저런 채무 이유로 압류되겠지요. 1원 한 장 남지 않을 겁니다. 사실, 다른 계좌들까지 고려해보면 이미 심각한 마이너스죠."

태호는 두 손으로 얼굴을 쥐어 쌌다. 죽고 싶었다. 아니, 살고 싶었다.

"뒤에 기다리시는 분들이 많으니 이만 상담을 끝내겠습니다. 정리해보자면 태호 씨는 자신이 죽음으로써 따님의 병원비를 안정적으로 지불하고 싶은 겁니다. 그렇죠?"

태호가 붉어진 눈을 들어 남자를 쳐다보았다.

"그리고, 따님을 그 모양으로 만든 여자분을 처벌받

게 하고, 직접 한 방 먹여주고 싶으신 겁니다. 동의하십니까?"

"예⋯."

그래, 그년을 죽이고 싶어.

자신도 모르게 대답이 나왔다.

"또, 서비스로 조금 싼 가격에 죽음에 유명세를 추가하셨고요. 거참, 이렇게 간단한 얘기를 참 오래도 했군요."

남자가 서류들을 탁탁 내려쳐 정리했다.

"좋은 거래였습니다. 안녕히 가십시오."

태호는 건물을 나와 하늘을 올려보았다. 꿈을 꾼 듯 몽롱하고 정신이 없었다. 온 사방은 태호에겐 관심조차 없는 듯 평온하고 평범했고, 쨍쨍한 햇볕만이 조롱하듯 내리쪼였다.

태호는 본능적으로 시간이 얼마 남지 않았다는 걸 알 수 있었다. 그리고 무엇보다 딸아이가 보고 싶었다. 병원으로, 지금 당장 병원으로 가야 했다.

다급하게 주변을 둘러보았지만 세상은 끝까지 태호를 외면하려는지 도로엔 택시는커녕 멀쩡한 차 한 대조차 다니지 않았다. 하나, 둘. 하나, 둘. 걸음이 점차

빨라져 아예 내달리기 시작했다.

서둘러 달려가는데 갑작스레 여자아이 하나가 도로 위로 뛰어들었다. 분명 횡단보도였으나 아직 빨간불이었다. 예감이 좋지 않다 싶은 찰나, 어째서인지 아이는 도로 한가운데에 딱 멈춰 섰다.

태호는 저도 모르게 아이에게 시선을 돌렸다. 고작해야 여덟아홉 살 정도 돼 보이는, 이상할 정도로 딸아이의 어린 시절과 꼭 닮은 아이였다. 하굣길인 건지 메고 있는 빨간 책가방이 눈에 띄었다. 그리고 표정이 무척 이상했다. 잔뜩 풀린 채 하늘을 응시하고 있는 그 눈은 분명 사람의 눈이 아니었다. 몸은 경련이라도 하듯 잔뜩 떨리며 움찔거렸다. 귀신에라도 홀린 듯, 아이는 스스로 도로에 뛰어든 게 아닌 것 같았다.

태호는 순식간에 깨달았다.

유명세.

이런 씨발! 저딴 데 뛰어들어서 죽으란 소리인가? 아이를 구하려다 죽어버린, 비운의 영웅행세라도 하란 말인가?

아직은 죽을 수 없었다. 적어도 딸아이를 보고 나서 죽어야 했다.

뒤쪽에서 차 한 대가 아이를 향해 일말의 망설임 없

이 달려들었다. 속도가 줄어들 기미는 보이지 않았다.

'이대로라면 곧 치이겠어.'

제기랄! 여자아이를 구하고 싶은 생각은 없었다. 아이는 아현이와 너무도 닮았지만, 태호는 죽기 전에 진짜 딸아이를 봐야 했다. 그래서 매정하게 고개를 돌렸다.

하지만 여자아이가 차에 치이기 직전, 태호의 몸이 제멋대로 차도로 뛰어들었다. 정말 제멋대로. 태호의 의지와는 상관없이 실에 걸린 꼭두각시 인형처럼.

태호는 아이를 끌어안은 채 바닥에 몸을 굴렀다. 가까스로 정지한 차가 태호의 바로 발끝에 스치도록 닿아 있었다. 쇼크가 상당했던지 아이의 얼굴이 눈물과 침으로 뒤덮여 무섭도록 떨려댔다. 보행자 신호등은 그들을 조롱하듯 그제야 파란불을 번뜩였다.

"뭐야! 당신 미쳤어?"

차에서 깡마른 남자 하나가 튀어나와 소리쳤다.

"애를 칠 뻔했다고!"

태호는 휘청거리며 일어나 저도 모르게 고함을 질렀다.

깡마른 남자는 태호의 품에 안긴 아이를 보더니 크게 놀라는 표정을 지었다. 무슨 상황인지 전혀 이해가 안 된다는 눈치였다. 태호가 다시 소리쳤다.

"눈도 없냐 이 새끼야! 애가 도로 한복판에 서 있는데…."

쾅!

태호의 몸이 붕 떠올랐다. 분명 파란 불이었는데. 태호의 몸이 차에 치여 도로 위를 날아갔다.

범퍼가 찌그러지고 앞 유리에 금이 간 하얀색 쿠페가 보이고,

또다시 쾅.

바닥에 떨어지는 소리도 차에 치이는 소리 못지않았다. 등뼈가 모두 부러졌는지 숨쉬기가 곤란했다. 가슴을 짓누르는 여자아이가 너무 무거웠다. 아이는 여전히 작은 발작을 했지만, 다행히 다친 곳은 없어 보였다.

눈을 감았다, 다시 떴다.

눈앞에 웬 남자 하나가 쪼그려 앉아 햇빛을 가렸다.

"깜빡하고 날짜랑 고통에 대한 합의 없이 보내드렸지 뭡니까."

남자가 능글맞게 웃으며 말했다.

태호는 흐릿한 의식 속에서도, 놈에게 딸아이를 맡긴 것을 미치도록 후회했다.

당시의 상황은 도로에 설치된 CCTV와 주차 중이던 몇몇 차량의 블랙박스에 의해 세간에 알려졌다. 매스컴이 좋아할 만한 기삿거리였다. 여자아이를 구하고는 미처 달려오는 다른 차량을 보지 못해 화를 당한 태호의 이야기는 꽤 오랫동안 언론과 대중의 입을 오르내렸다.

'아직 선의는 죽지 않았다', '아이를 끝끝내 지켜내고 세상을 떠나다' 등등.

아이는 자신이 왜 도로로 뛰어들었는지 기억하지 못했지만, 경미한 쇼크와 기억상실 증세 외에는 기적이다 싶을 정도로 멀쩡했다. 민심과 여론은 오롯이 태호의 편이었고 분노의 화살은 모조리 사고 차량의 운전자에게 돌아갔다.

하얀색 쿠페의 운전자는 이십 대 중반의 젊은 여성이었다. 여자는 브레이크 오작동과 급발진을 사고의 원인으로 주장했는데, 차량에서 아무 문제도 발견되지 않아 되려 사람들의 비난과 온갖 욕설에 매장되고 말았다. 거의 모두가 신호를 무시하고 내달린 게 분명하다고 여겼다. 법원은 여자에게 면허 취소와 막대한 양의 벌금을 선고했지만, 많은 사람들은 그것으론 부족하다고 입을 모았다.

태호가 죽은 지 한 달, 검찰은 돌연 쿠페 운전자가 3년 전 태호의 딸 아현을 가사 상태로 만들고 도망친 뺑소니범이라 발표했다. 어떤 수사를 통해 그런 사실이 밝혀졌는지, 왜 대대적으로 공개를 하는지는 미지수였으나 세간은 떠들썩하게 들썩였다. 곳곳에서 아현에 대한 후원금이 쏟아졌고 법원은 범인에게 죄질 불량의 이유를 들어 12년의 징역을 선고했다.

그리고 태호가 죽은 지 2년 후. 쿠페 운전자가 감옥에서 자살한 바로 그날, 아현은 기적처럼 깨어났다.

아현은 하루하루 자신뿐인 집에서 아침을 맞이했다. 어머니도 아버지도 없이 오로지 혼자. 그 텅 빈 집에서, 아침마다 평생 움직이지 않을 다리를 보며 눈물을 집어삼켰다.

하반신 마비.

수년 만에 정신을 차린 아현에게는 가혹한 진단만이 남아 있었다. 외롭고 억울하고 버티기 힘든 삶이었다. 아현은 자신을 남기고 떠난 아버지를 원망했고, 도로에 뛰어든 멍청한 아이도 증오했으며, 자신을 이 꼴로 만들고 아버지마저 죽인 그 여자는 지옥까지 찾아가 한 번 더 죽여버리고 싶었다.

사방에서 들어오는 후원금 덕에 먹고살 걱정은 없었다. 하지만 더 이상 세상에 남아 있고 싶지 않았다. 세상도, 굳어버린 두 다리도, 아현을 숨 쉬게 해주는 산소마저도 모조리 싫었다. 하얀색 자동차는 보기만 해도 돌아버릴 지경이었다.

"제발 저 좀 죽게 해주세요."

아현은 매일 밤 눈물을 흘리며 기도했다. 가혹한 신을 미워하면서도, 또 그에게 기도하는 자신이 너무도 처량스러웠다.

오늘 아침 아현은 이상한 꿈을 꾸었다.

그리고 아현의 머리맡에는

꿈만큼이나 이상한, 명함이 한 장 놓여 있었다.

완벽한 죽음을 팝니다

담당자 **윤 정 임**

서울시 강남구 압구정동 골든피크 빌딩 7층 엘리베이터 좌측 두 번째 문

완벽한 죽음을 팝니다

문 뒤에 지옥이 있다

✦ 2019년 환상문학웹진 거울 대표중단편선 《살을 섞다》(아작) 수록

✦ 2020년 리디북스 책끝툰 〈문 뒤에 지옥이 있다〉 원작

✦ 2021년 라프텔 '라프텔ONLY' 애니메이션 〈문 뒤에 지옥이 있다〉 원작

"창문으로라도 나갈 거야."

아내는 이미 제정신이 아니었다. 도로에는 어디서 튀어나왔는지 모를 정신 나간 놈들이 아무 데나 총을 쏴대고, 문밖에는 뭐가 있는지 모르고, 방 안에는 시체가 있었기 때문이다. 아내는 울상이 돼서 창문을 기어오르고 있었다.

"진정하고 정신 좀 차려봐. 여긴 8층이야."

내가 아내를 끌어안아 뒤로 잡아당기며 말했다.

"진정하라고? 민아랑 연락이 안 되잖아! 민아랑! 당신은 지금 진정이 돼?"

아내가 소리쳤다.

총을 든 남자 하나가 창가에 매달려 발악하는 아내를 보았는지 총구를 위로 겨눴다. 탕. 섬뜩한 총성과 함께 창문 주위에 구멍이 생겼고, 놀란 아내가 뒤로 넘어졌다. 아슬아슬하게. 창문을 넘어 날아든 총알 몇 발이 천장에 구멍을 만들었다.

"여보, 민아 찾아줘. 우리 민아…."

아내는 반쯤 정신이 나간 채 시체와 내 눈을 번갈아 보며 중얼거렸다.

"괜찮아. 민아 찾을 수 있어."

나는 애써 아내를 다독였다. 당장은 그것밖에 할 수 없었다.

문 앞에 널브러진 시체는 배가 찢어지고 등에 칼이 꽂힌 채 싸늘하게 식어 있었다. 날카로운 스테인리스 조각 위에 새겨진 'Made in Germany'가 핏물에 가려 번들거렸다. 중년과 노년 사이에 위치한 어중간한 나이의 백인 남자였다.

시체가 안으로 내동댕이쳐진 건 세 번째로 문을 열어봤을 때였다. 이미 한 시간도 전이었다. 코가 냄새에 마비돼 기능을 상실한 덕에 지금은 느껴지질 않지만, 시체는 내장에도 상처를 입었는지 구린내가 몹시 심했다. 덕분에 비위가 약한 아내는 더 모진 고생을 해야 했다. 지금은 시체보다도 아내의 몰골이 말이 아니었다.

"여보…. 민아, 우리 민아아…."

아내의 중얼거림은 거의 무의식적으로 반복되고 또 반복됐다.

나는 아내를 꼭 끌어안고 시체 너머의 문을 노려봤다. 문은 가깝지만 멀고 또 거대해 보였다. 뭐가 튀어나올지 모르는 악마의 입 구멍 같았고, 몇 방울 피가 묻은 문고리는 튀어나온 눈알처럼 섬뜩했다.

지금 문 뒤엔 뭐가 있을까? 총을 든 사이코? 살인마?

어쩌면 운 좋게 안전하고 평범한 장소가 있을지도 몰랐다. 처음부터 아무도 없던 조용한 장소나, 이미 모두가 죽어서 안전한 장소가 됐을지도 모르는 그런 공간들 말이다. 차라리 시체는 위험하지 않았다.

어쨌거나 문 뒤에 붙어 있는 게 우리 집 거실이 아니란 건 확실했다. 말도 안 되는 소리 같지만 이미 문을 열어 거실이 아닌 다른 곳이 튀어나오는 걸 세 번이나 확인했다. 그것도 전부 다 다른 곳으로. 꿈인가 싶었지만 꿈은 아니었다. 무엇보다 나는 우리 집 거실에 칼 맞은 외국인을 들인 적이 없었다.

문득 문을 부숴버리면 어떻게 될지 의문이 들었다.

'아니야.'

얼른 고개를 저었다. 그러면 안 된다는 걸 본능적으로 알 수 있었다.

문을 부순다니? 그런 다음엔? 또 뭐가 튀어나오지? 사람? 귀신? 괴물? 이도 저도 아니면 블랙홀처럼 뒤틀어진 괴상한 공간?

질척하고 싸늘한 기운이 등을 감고 내려갔다. 괜스레 누가 생각을 훔쳐보기라도 했을까 봐 불안했다. 아니나 다를까, 문고리가 날 노려보고 있었다.

나는 끓는 한숨을 토해내며 얼굴을 쓸어내렸다. 어떻게 보면 저 문은 그나마 남겨진 마지막 안전장치였다. 적어도 문고리를 걸어 잠그고 있는 동안에는 이 썩은내 나는 방도 그럭저럭 안전한 편에 속했다. 아마도. 확실하진 않지만….

문제는 언제까지 이곳에 앉아 있을 수는 없다는 거였다.

젠장!

몇 시간 전만 해도 나와 아내는 평온한 일요일을 즐기며 TV를 보고 있었다. 화장실에서 갑자기 비명을 지르며 사람들이 튀어나오지만 않았더라면, 우린 아직 거실에 있었을지도 모를 일이었다.

일은 정말 순식간에 벌어졌다. 심장마비라도 걸릴 것 같은 비명과 함께 세 사람이 튀어나왔다. 모두 한국인이 아니었는데, 정말 갑작스럽게 우리 집 거실에 서 있었다. 어떻게 집에 들어온 건지 도통 알 수가 없었다. 나와 아내가 놀란 숭어처럼 펄쩍 뛰자 그들도 쳐들어온 주제에 잔뜩 겁에 질린 표정으로 우리를 경계했다. 손에는 칼까지 들고 말이다.

나는 놀란 아내를 데리고 슬금슬금 작은방으로 도망쳐 냅다 문을 걸어 잠갔다. 그게 실수였다. 그땐 몰랐지만 큰 실수였다.

문을 닫자 거실은 거짓말처럼 바로 조용해졌다. 시간이 조금 지난 후 나는 상황을 보려고 아주 살짝 문을 열었다가 기겁을 하며 문을 닫았다. 문 너머엔 거실 대신 생전 처음 보는 이상한 골목이 있었다. 그것도 그냥 골목이 아니라 벌써 시체와 파리가 한가득 꼬인 골목이었다.

우리는 겁에 질렸고, 그렇게 시간이 흘러갔다. 하지만 이젠 이곳에서 나가야만 했다. 쫓기듯 도망쳐 들어온 작은방엔 먹을 것은커녕 마실 물조차 없었다. 그리고 무엇보다도 민아가 없었다. 우리 딸. 민아가.

망할 놈의 학교. 일요일도 없이 애들을 불러제끼다 니. 사실 학교만 탓할 순 없었다. 내가 못난 아빠였다. 쉬는 날도 없이 딸아이를 학교와 학원으로 내몰다니….

잦은 구토로 탈수 증세를 보이는 아내가 물을 못 마신 지 네 시간. 민아와 연락이 끊긴 지는 약 두 시간이 지났다. 아내가 몇 분 간격으로 계속 전화를 걸어보고는 있지만 전화기가 꺼져 있다는 기계적인 목소리만 지겹도록 들려왔다.

아내가 핸드폰을 들었다가 다시 내려놓았다. 민아의 핸드폰은 여전히 꺼져 있었다.

'어쩌면 배터리를 아끼려고 일부러 꺼놓은 건지도 몰라. 어쩌면 수신이 안 잡히는 곳에 있을 수도 있고, 어쩌면 그냥 통신사가 말썽을 부리는 건지도 모르지. 아니, 어쩌면….'

마지막 통화 당시 민아는 아직 학교에 있었다. 학교 선생들도 상황파악은 어느 정도 된 것 같았으니 뭔가 적절한 조치를 취했을 것이다. 선생이란 원래 똑똑한 사람들 아니던가. 게다가 학교에는 사람도 많고. 하지만 어쩌면….

창밖에서 총소리와 누군가의 비명이 거의 동시에 들려왔다.

아니야. 나는 더 이상 생각이 나를 괴롭히지 못하도록 관자놀이를 세게 눌러 잡았다.

민아를 찾으러 가야 했다. 하지만 문을 열고 나간다면… 민아를 찾거나 다시 집으로 돌아오는 건 둘째 치고 살아남는 것조차 불가능할 것 같았다.

세상엔 대체 문이 몇 개나 있을까. 작은 가정집이라 해도 문은 보통 네다섯 개 이상 달려 있다. 우리 집에만 해도 여섯 개였다. 이 아파트가 16층 건물에 10호씩 6동이니, 이 좁아터진 아파트촌에만 최소 4,800개 이상의 문이 있는 셈이다. 세상에 널린 수많은 문 중에 다시 우리 집 문과 공간이 연결될 확률은 복권에 당첨되는 것보다 어려운 일이 분명했다.

'하기야 우리 집으로 다시 돌아온다고 무슨 소용이 있을까.'

문이 날 보며 소리 없는 비웃음을 지었다.

아내를 데려갈 수도, 두고 갈 수도, 그냥 계속 이곳에 머무를 수도 없었다.

"여보, 여기서 나가야겠어."

내가 고민 끝에 아내에게 말했다.

"민아 찾으러 가자. 아직 학교에 있을 거야. 할 수 있지?"

아내는 퀭해진 얼굴을 들어 내 눈을 뚫어지라 바라봤다. 그리고 문을 바라봤다. 아내의 눈에서 모성애와 공포가 뒤섞여 안타깝게 흔들렸다.

그때 핸드폰이 요란하게 벨을 울렸다. 소스라치게 놀란 아내가 괴물 보듯 핸드폰을 바라보는가 싶더니, 어느새 주체하지 못할 정도로 손을 떨며 다급하게 핸드폰을 붙잡았다.

"민아야! 민아야!"

아내는 통화가 시작되기도 전부터 울먹이며 딸의 이름을 불렀다.

"괜찮아? 다친 데는?"

아내가 다그쳐 물었다.

"엄만 아빠랑 같이 있어. 그래. 괜찮아…. 모르겠어. 엄마도 모르겠어…."

아내는 그때부터 별다른 말도 하지 못하고 핸드폰을 붙잡고 흐느껴 울었다. 나는 얼른 핸드폰을 건네받았다.

"민아니? 괜찮아?"

내가 급히 물었다.

"아, 아빠…."

민아가 울음기 가득한 목소리로 대답했다.

"민아야 진정해."

내가 짐짓 침착한 목소리를 흉내 내며 말했다.

"일단 지금 상황이 어떻게 돌아가는지는 알지? 아빠가 데리러 갈게. 어디야? 아직 학교야? 핸드폰은 왜 꺼놨었어?"

"그게… 막 이상한 사람들이 나타나는 바람에… 선생님도 죽고… 교실 문을 열고 도망쳤는데…, 미국? 영국? 하여튼 이상한 데에 갔다가… 다시 문을 여니까 또 이상한 곳이 나왔는데…."

민아의 말이 두서없이 울먹이며 뭉개졌다.

"그래서 지금은? 지금은 어디야? 다친 데는 없고?"

"응…. 난 괜찮아. 근데 희정이랑 가은이가 죽었어요…. 이상한 사람들이 계속 쫓아와서, 쫓아와서…."

오, 망할.

"쫓아온다고? 지금은?"

"아냐. 지금은 괜찮아. 도망쳤어. 애들이랑 처음에는 다 같이 있었는데…."

민아는 울음이 터져 나오는지 말을 제대로 잇지 못했다.

"무서워. 아빠… 어떻게 해야 돼? 응?"

"괜찮아. 괜찮을 거야. 친구들하고 같이 있어?"

"응, 같이 있어. 지혜랑 아람이랑…, 반 친구들 몇몇 하고 같이 있어."

딸아이가 대답했다.

나는 나도 모르게 숨을 쏠어내렸다. 다행이었다. 정말 다행이었다.

"주변에 뭐 아는 건물은 있니? 거기가 어딘지는 알 것 같아?"

"모르겠어요. 이상한 계단 같은데 아래에 숨어 있는데…."

민아의 친구들이 웅얼거리는 소리가 들여왔다.

"응? 뭐? 아아, 전주? 여기 전주래."

순간 집에서 전주까지의 거리를 계산해보았다. 그러고는 곧 지금 거리를 계산하는 건 도무지 쓸데없는 일이란 걸 깨달았다.

"어디래? 우리 민아 어디에 있대?"

아내가 반쯤 정신 나간 목소리로 물었다.

전주래. 무사해. 아내를 다독이며 짧게 대답했다. 그리고 민아에게 다시 말했다.

"아빠가 금방 갈게. 조금만 기다려."

갑자기 눈물이 쏟아져 말이 막혔다. 나는 꾹 참아 눈물을 삼켰다.

"주변에 문 없는 데로, 아니면 너희가 보기에 안전한 곳으로 가서 숨어 있어. 알았지?"

민아의 울먹이는 대답이 수화기 너머로 들려왔다.

"핸드폰 배터리 여분이나 충전할 만한 곳은 있어?"

"아니. 아무것도 없어."

"시계는 차고 나갔지?"

"응."

"그래. 그럼 아빠가 매시간 정시마다 전화할 테니까 핸드폰은 그때만 켜놓고 있어. 최대한 배터리 아끼고. 급한 일 생기면 다시 엄마 핸드폰으로 전화하고. 아빠 핸드폰은…."

안방에 있지. 아마 영영 가지러 갈 수 없을 것이다.

"고장이 좀 난 것 같아. 거기로는 전화하지 말고. 이해했지?"

"응…. 아빠 빨리 와. 나 여기서 기다릴게. 빨리 와."

"그래. 우리 딸. 아빠가 금방 갈게. 기다릴 수 있지?"

민아는 울먹이는 소리뿐 대답이 없었다. 하지만 수화기 너머에서 고개를 끄덕이고 있다는 걸 알 수 있었다. 어두운 지하실 계단에서 수화기를 붙잡고 울고 있는 딸아이의 모습이 보이는 것 같았다. 핸드폰을 드는 것조차 힘에 겨운 겁먹은 딸의 모습이….

"여보, 나도 바꿔줘. 나도…."

아내가 손을 내밀었다. 핸드폰을 건네자 아내는 핸드폰을 부여잡고 울음을 터뜨렸다.

"여보, 민아 괜찮대."

내가 아내를 끌어안고 얼른 말했다.

"아무 데도 안 다쳤고 지금 한국에 있대. 그래도 다행이지? 애 놀라겠어. 응?"

아내는 가까스로 울음을 눌러 삼켰다. 그러곤 거의 끅끅거리는 목소리로 웅얼거렸다.

"민아야…. 엄마가, 엄마가 금방 갈게. 우리 딸 좀만 기다려. 엄마랑 아빠가… 금방, 금방 갈게."

아내는 도저히 안 되겠는지 입을 막고 눈물을 흘렸다.

"엄마가… 엄마가 우리 딸 사랑하는 거 알지? 우리 딸 사랑해. 금방 갈게. 금방 갈게…."

통화는 내가 핸드폰을 건네받아 중재한 뒤에야 끝이 났다. 아내도 민아도 너무 서럽게 울고 있었기에 나까지 울 수는 없었다. 나까지 약하고 무너진 약한 모습을 보일 순 없었다. 내가 이들을 지켜야 했다.

아내가 조금 진정되자 나는 문을 가리키며 물었다.

"할 수 있겠어?"

아내는 굳은 표정으로 고개를 끄덕였다. 통화로 불붙은 모성애가 두려움을 짓밟고 일어난 것 같았다.

나는 시체에서 식칼을 뽑아냈다. 끔찍한 감각이 손끝에 전해졌다. 그런 감각을 배나 가슴에서 느끼고 싶진 않았다. 크게 한 번 심호흡을 하고 오른손에 칼을 꽉 움켜잡았다.

왼손은 문고리를 잡고 있었다. 부모님이 일찍 돌아가신 게 다행이라고 느껴보긴 처음이었다. 적어도 우리 부모님은 병에 시달리셨을지언정 이런 험한 꼴을 겪진 않으셨으니까. 아내가 등 뒤에서 내 허리춤을 뜯어낼 듯 꽉 잡아 쥐는 게 느껴졌다. 또 한 번 심호흡을 하고, 나는 아내에게인지 스스로에게인지 짧게 말했다.

"연다."

그리고 문이 열렸다.

나와 아내는 거의 숨이 막힐 듯한 긴장 속에서 문 너머를 바라보았다.

넓은 대로가 보였다. 동남아의 느낌이 물씬 나는 대로. 어쩌면 중국일 수도 있었다. 돌아다니는 사람은 없었다. 적어도 살아 있는 사람은 보이지 않았다. 바닥에 널브러진 몇몇 시체들 위로 파리가 날아다녔다.

그래, 정상적인 사람들은 모두 숨어 있는 거야. 그리고 미친놈들이나 총이든 칼을 들고 돌아다니며 활개를 치는 거지. 어쨌든 여기는 아니었다.

나는 그대로 문을 닫았다가 다시 열었다.

이번엔 침대가 딸린 커다란 방이 있었다. 사람은 없었다. 아무렴. 사람이 있다면 문을 잠갔겠지. 이곳에선 적어도 아내에게 줄 물 정도는 구할 순 있을 것 같았다. 침대 옆 선반 위에 물병이 보였다. 한국은 아닌 것 같았지만 비교적 안전해 보이는….

탕!

문 너머로 총소리가 들렸다. 누군가가 쓰러져서 신음하는 소리도 들려왔다. 여자의 소리였고, 비교적 멀지 않은 곳이었다. 그때 방 저편의 열린 문을 통해 누군가가 들어오는 모습이 보였다.

나는 깜짝 놀라 서둘러 문을 닫았다. 아내는 놀란 표정으로 나를 바라보았다.

"이런, 젠장! 괜찮아. 그냥 총소리였을 뿐이야. 우리가 맞은 것도 아니잖아?"

내가 애써 말했다.

그래도 전보다는 나았다. 몇 시간 전보다는. 그때는 오죽하면 문을 열자마자 시체가 넘어져 들어왔겠는가.

지금은 어느 정도 상태가 소강된 게 아닐까.

사람들은 모두 미쳐 있었다. 범죄를 저지르긴 너무 쉬워졌고, 또 범죄를 저지르고 도망치기도 너무 쉬워진 세상이었다. 경찰은 무의미했고 그 빈자리를 강간범과 살인마가 차지했다. 내가 먼저 죽이지 않으면 내가 죽고 말 거라는 불안감이 가득했다. 하다못해 재미로 인간을 사냥하는 놈들까지 있었다. 창밖의 모두가, 모두가 미쳐 있었다.

그런 세상에 민아가 혼자 떨어져 있었다.

안 돼. 나는 마음을 다잡고 다시 손잡이를 잡았다. 아내의 눈을 마주 보았다. 짧은 순간 많은 생각이 오고 갔지만 그래도 문을 열었다.

문이 열리는 족족 돌아다니는 사람도 없고 어딘지도 알 수 없는 장소들이 튀어나왔다. 대부분의 사람들이 문을 잠그고 숨어 있기 때문일까. 그건 그것대로 좋았다. 하지만 문제는 한국이라 생각되는 장소도 나오지 않았고, 아예 야외의 장소가 나오지 않는 한 밖으로 나갈 수 있는 곳조차 거의 없다는 거였다. 방이든 음식점이든 웬만한 장소는 거의 문이 한두 개씩밖에 없었다. 내가 지금 열고 있는 문 하나, 그리고 꽉 닫혀서 어디로 통할지 모르는 문 한두 개.

우리가 원하는 장소는 꽤 까다로웠다. 한국. 밖으로 나갈 수 있는 곳. 위험한 사람이 없는 곳.

몇 번째였나. 운 좋게도 문을 여닫은 지 스무 번이 되지 않아 가능성이 찾아왔다. 평범한 한국 아파트의 탁 트인 옥상이었다.

문은 옥상에 덩그러니 지어진 네모난 건물, 물탱크나 그 비슷한 게 들어갈 것 같은 곳의 문과 연결되어 있었다. 방수 처리된 초록색 바닥이 보이고, 저 앞에 밑으로 내려가는 계단 쪽 문이 열린 채 고정돼 있는 것이 보였다.

우리는 혹시 몰라 방문을 열어둔 채 고정시키고 맨발로 조심조심 옥상을 걸어갔다. 아무도 없는 텅 빈 공간인데도 스치는 바람마저 우릴 지켜보는 것 같았다. 정확히 어딘지는 알 수 없었지만 난간 아래를 보니 군데군데 한글로 된 간판들이 보였다.

우리는 조심스럽게 열린 문으로 다가갔다. 다른 공간이 아니라 아파트의 비상계단이 보였다. 이 문은 세상이 이 지경이 되기 전부터 열려 있던 것이 분명했다.

나는 아내의 손을 부여잡고 한 걸음씩 계단을 걸어 내렸다. 혹시 몰라 발소리가 나지 않게 조심하며 아주 조금씩 움직였다. 정확히는 11층짜리 오피스텔이었는데 내려가기 진땀 나는 높이였다. 한 층 한 층을 내려갈 때마다 계단과 이어진 복도가 보였다. 그 복도의 좌우에 보고 싶지 않을 정도로 많은 문이 늘어서 있었다.

6층을 지나는데 위쪽 어딘가에서 덜컹거리는 소리가 났다. 가깝지는 않았지만 사방이 너무 조용해서 똑똑히 들을 수 있었다. 문소리였다.

나와 아내는 걸음을 재촉해 계단을 내려갔다. 문소리를 시작으로 온갖 소리가 간간이 새어 나왔다. 문소리도 있었고 비명도 있었다. 망할 비명은 3초 동안 온 아파트를 휩쓸더니 나타날 때처럼 뚝 끊겨 사라졌다. 어디서든 뭐든 튀어나올 것만 같았다. 귀신이나 알지 못하는 괴물을 무서워하는 게 아니었다. 사람이 튀어나올까 봐, 꼭 칼과 총을 들고 있지 않아도 사람이 튀어나올까 봐 두려웠다. 우리는 한 층을 내려갈 때마다 숨을 죽이고 가만히 서서 복도에 아무도 없는지 한참을 확인했다. 등에 식은땀이 흘러내렸다.

아내는 거의 실신할 것 같은 표정이었지만 용케 정신을 붙잡고 있었다. 딸을 구해야 한다는 일념이 아내를 지탱하는 것 같았다. 어느 정도는 두려움 덕일 수도 있었다. 아내도 여기서 쓰러지면 안 된다는 걸 알고 있었다.

1층에 다다를 때까지 습격은 없었다. 다행이었다. 하지만 정작 문제는 1층에서 나타났다. 아파트 입구에 양쪽으로 열리는 유리로 된 문이 있었다. 그것이 닫혀 있었다.

설마 하는 마음으로 다가가 문을 밀어보았다. 열리기 전의 문 뒤엔 분명 포장된 주차장과 다른 아파트들이 보였는데 문을 여니 어김없이 엉뚱한 공간이 나타났다. 80년대풍의 재즈바 같은 공간. 저 안쪽에서 부스럭거리는 소리가 들려와 서둘러 문을 닫았다.

그래. 차라리 지하로 가는 거야. 지하에 주차장이 있다면, 적어도 주차장 출구에는 문이 달려 있진 않겠지. 내가 생각했다. 그리고 다음 순간,

유리 너머 주차장에 사람이 서 있는 걸 발견했다. 한국인인지는 모르겠지만 어쨌건 동양인이었는데 그는 잔뜩 겁먹은 표정으로 산탄총을 들고 있었다.

산탄총이라고?

놈이 유리문 너머의 나와 아내를 겨누고….

엄청난 소리가 폭발했다.

나는 본능적으로 아내를 끌어안으며 바닥에 납작 엎드렸다.

이런 미친 새끼가! 정신 나간 놈들이 너무 많았다. 저런 새끼들은 교도소에서 집단 탈출이라도 한 걸까. 아니면 한평생 사이코 기질을 꾹꾹 숨기고 살아왔던 미친놈들?

우리가 죽었다고 생각하는 건지 더 이상의 총소리는 없었다. 아내는 너무 놀랐는지 울지도 못했다. 나는 아내를 꽉 안은 채 조심스럽게 뒤를 돌아보았다.

유리문은 산탄총에 맞은 것치고는 상당히 멀쩡했다. 아니, 아예 깨끗했다. 안으로 튀어든 총알도 없었고, 유리파편도 없었다. 하지만 뭔가 끔찍한 상황이었다.

깨지지 않은 유리문 너머로는 아직도 산탄총을 들고 있는 미친놈이 보였다. 하지만 나는 다른 데 정신이 팔려 그를 제대로 볼 수조차 없었다. 갑자기 두 발의 총소리가 더 들리더니 비명이 들려왔다. 총은 우리를 향해 발사된 게 아니었다. 유리문 너머의 미친놈이 뭔가에게 뜯어 먹히고 있었다. 거대한 벌레 같은… 아니, 저건 뭔가….

오, 제기랄!

"여보, 눈뜨지 말고 나 붙잡고 달릴 수 있겠어? 응?"

아내는 충격에 빠져 말없이 눈을 마주 볼 뿐이었다.

아내의 몸이 벌벌 떨려왔다. 다행히 내게 가려 문 너머의 정확한 상황까지는 보지 못한 것 같았다.

"여보?"

내가 재촉하자 아내는 망연히 고개를 끄덕였다.

나는 아내의 손을 잡아끌고 지하를 향해 계단을 뛰어내렸다. 그러다 그만 못 보고 밟아버린 돌조각이 오른발을 파고들어 거의 쓰러질 뻔했다. 아내의 도움으로 계단을 구르는 참사는 피했지만 발의 상태는 썩 좋지 않아 보였다. 하지만 멈출 순 없었다. 나는 돌을 뽑아내고는 가까스로 절뚝거리면서도 계단을 내려갔다.

하지만 빌어먹게도 지하실의 문이 닫혀 있었다.

맥이 빠진 아내가 주저앉아 흐느꼈다. 아내는 내 발을 어루만지며 괜찮으냐고 연신 물어봤다.

"잠깐만."

나는 문득 계단에 뚫린 창문이 생각났다.

그만 한 크기라면 창문만 다 떼어내고 밖으로 나갈 수도 있을 것 같았다. 나는 얼른 위로 올라가 높이를 확인했다. 정확히는 1층과 2층 사이의 창문이었는데, 다행히도 방범창이 없었다.

더 볼 것도 없이 지금 당장 나가야 했다. 비교적 안전한 한국에 있을 때. 밖으로 나갈 수 있을 때. 그리고

유리문 밖의 괴물도 아직 우릴 보지 않고, 건물 반대편에서 이름 모를 동양인을 뜯어먹느라 정신이 없을 때….

내가 급하게 창문을 떼어내는 동안 아내는 올라가는 계단에 초조하게 서 있었다. 창문은 들어서 뽑아내는 것만으로도 쉽게 뜯겨나왔다. 높이도 이만 하면 크게 위험해 보이지 않았다.

"여보, 먼저 뛸 수 있겠어?"

내가 아내에게 물었다. 아내는 조심스레 창문으로 다가와 아래를 보더니 고개를 흔들었다.

"그럼 내가 먼저 내려갈게. 나가서 잡아줄 테니까…."

말하는 도중 유리문 너머로 괴물의 울음소리가 상상을 초월할 정도로 크게 울렸다. 나는 아내가 저도 모르게 뒤돌아보려는 걸 머리를 잡아 가까스로 멈췄다.

"여보. 절대, 절대 뒤돌아보지 않겠다고 약속해. 위험하진 않지만 봐서 좋을 것도 없어, 알았지? 약속해."

"뭐야. 뭔데 그러는 거야…."

"그냥 보지 마. 부탁이야."

아내가 고개를 끄덕였다. 더 겁먹은 것 같은 표정이었지만, 실제로 뒤의 상황을 보여주는 것보다는 나을 것 같았다.

나는 창문을 넘어 아래로 뛰어내렸다. 바로 아래쪽

에 작은 나무들이 심겨 있어 착지가 불안전했다. 이미 피를 흘리던 발은 바닥에 널린 나무 조각에 찔려 상처가 늘었고, 손을 헛집는 바람에 손바닥에도 깊은 상처가 생겨났다. 그래도 최악에 비하면 이 정도면 나쁘지 않았다.

아내는 애써 뒤를 외면하며 벌벌 떨면서 창문을 기어올랐다. 뒤에서 이상한 소리들이 새어 나왔지만, 아내는 필사적으로 나에게 시선을 맞췄다. 나는 가까스로 창문에 걸터앉은 아내의 양 겨드랑이에 손을 끼우고, 번쩍 들어 올리듯 안아 아내가 창밖으로 뛰어내리는 걸 도와주었다.

아파트 안에서 유리 부서지는 소리가 들려왔다. 그게 무슨 소리였건 우리는 겁에 질려 그대로 길을 달렸다. 아파트의 몇몇 창문을 통해 걱정과 호기심을 섞은 눈들이 우리를 바라보고 있었다. 우리를 향해 총을 쏠 것 같지는 않았지만 그들의 시선조차 무섭고 부담스러웠다. 우리는 시선이 조금이나마 덜 닿는 건물 사이의 좁은 틈으로 들어가 몸을 숨겼다. 옆으로 새는 길도 없는 일자 통로였다. 이런 틈바구니에 끼어 있자니 쓸데없게도 총을 든 괴한을 만나면 피하지도 못하고 꼼짝없이 죽겠구나 싶었다.

"이제, 이제 어떻게 하려고?"

아내가 놀란 토끼처럼 커다랗게 변한 눈으로 사방을 살피며 숨도 제대로 거르지 못하고 물었다.

"여기가 어딘지 확인하고, 움직일 수 있는 차를 구해야지."

내가 대답했다.

도로엔 나무를 들이받거나 서로 들이받고 버려진 차량이 꽤 많이 있었다. 거의 멀쩡해 보이는데 도로 한가운데 떡하니 서 있는 것들도 있었다. 안에 시체가 들어 있는 경우가 대다수였지만, 어쨌든 움직이는 차를 구하는 건 어렵지 않을 것 같았다.

"지금 몇 시지?"

내가 다시 물었다.

"3시 56분."

아내가 핸드폰을 확인한 후 대답했다.

벌써 그렇게 됐다니. 나는 핸드폰을 건네받아 서둘러 딸의 번호를 눌렀다.

뚜. 뚜. 수화음이 흘러갔다. 한참을 그러더니 자동응답이 나오기 시작했다. 민아가 전화를 받지 않았다.

수화음이 가는 걸 보면 핸드폰이 꺼져 있는 건 아닌데.

아내가 불안하게 나를 바라봤다. 전화를 끄고, 다시 걸었다.

수화음이 반복될수록 걱정이 커졌다. 불안감이 차올랐다. 그렇게 몇 분을 기다리자 마침내 통화가 연결됐다.

"여보세요? 민아야? 여보세요?"

"민아야? 여보세요?"

누군가가 말을 따라 했다. 민아가 아니었다. 남자의 목소리였다.

"민아야아? 여보세요오오오?"

남자가 한 번 더 놀리듯 말을 따라 했다. 그러자 역겹고 비열한 목소리 뒤로 시시덕거리는 남자들의 낄낄거림이 들렸다. 한둘이 아니었다.

나는 아무 말도 못 하고 핸드폰을 잡고 있었다. 웃음소리 사이사이에 흐느끼는 여자애들의 울음소리가 들렸다. 그리고 신음 소리가.

신음 소리가.

아니겠지. 부디 아니겠지. 온갖 상상이 머릿속에 끓어올랐다. 딸을 가진 아빠의 격정이자 분노였다. 욕을 퍼부으며 당장 죽여버리겠다고 소리치고 싶었다.

하지만 옆에는 아직 상황을 모르는 아내가 있었다.

전화로 욕을 한다고 달라질 것도 없었다. 괜히 욕을 했다가 민아에게 더 큰 일이라도 생긴다면….

나는 입술을 깨물며 전화를 끊었다.

"왜? 뭐래? 뭐래 여보!"

아내가 다그쳤다.

"그게… 지하라서 전파가 잘 안 터지나 봐. 민아 말이 잘 안 들려…."

내가 거짓말을 했다.

아내는 믿지 않는 눈치였다. 나도 붉으락푸르락 변하는 얼굴을 쉽게 숨길 수가 없었다. 나는 아내에게 여기 잘 숨어 있으라 얘기를 하곤, 도망치듯 쓸 만한 차를 찾으러 거리로 뛰쳐나갔다. 무방비하게 노출된 도로는 너무 위험했지만 지금은 그런 걸 일일이 따지고 있을 정신이 없었다. 그래, 솔직히 말하자면 눈에 보이는 것도 없었다. 빨리 딸아이를 구해내고 놈들을 모조리 죽여버리고 싶은 마음뿐이었다.

너무 상태가 좋지 않은 차들도, 문이 굳게 닫혀 있는 차들도 이용할 수 없었다. 나는 나무를 들이받거나 서로 충돌한 몇몇 차들을 지나쳐 인도에 반쯤 걸쳐져 있는 흰색 중형차로 다가갔다. 차 문은 반쯤 열려 있는데 애석하게도 키가 없었다. 차 안을 샅샅이 뒤졌지만 키는커녕 개미 새끼 한 마리 보이지 않았다.

나는 끓어오르는 욕지거리를 가까스로 찍어 누르며 열이 받아 몇 번이고 핸들을 내려쳤다. 몇 번이고, 몇 번이고. 그러다 거의 울음이 터지기 직전에, 문득 저 앞 도로에 황갈색 SUV 한 대가 보였다. 운전석의 문도 살짝 열려 있었다. 나는 서둘러 사방을 살피곤 차를 향해 뛰어갔다.

차에 가까이 다가간 나는 문틈으로 새어 나오는 흥건한 피에 깜짝 놀랐다. SUV의 좌측 창문이 동그랗게 깨져 있었다. 운전석에는 시체가 한 구 앉아 있었는데 머리에 총을 맞아 꼴이 말이 아니었다. 역한 냄새도 사방에 진동했다. 하지만 이번엔 차 키가 똑똑히 꽂혀 있었다.

나는 조금도 망설이지 않고 차 문을 활짝 열었다. 문이 열리자 새어 나오던 피가 주르륵 쏟아지며 바지를 적셨다. 반쯤 굳어가는 질척한 피였다. 나는 손과 옷이 더러워지는 것도 아랑곳하지 않고 맨손으로 시체를 끌어내렸다.

머릿속엔 오로지 한 가지 생각밖에 없었다.

민아. 우리 딸. 그리고 개새끼들.

목소리로 보아선 나이가 그렇게 많은 것 같지도 않

았다. 어린 놈들이면 사람을 그렇게 쉽게 죽이진 않겠지. 부디 그러길 바랐다. 굳이 여자애들의 입을 막지 않아도 경찰에 잡혀 들어갈 일은 없을 테니까, 그렇게까지 할 필요는 없을 테니까…, 제발…. 이런 씨발! 비명이 목 끝까지 차올랐다. 다 죽여버릴 거다. 갈기갈기 찢어서, 손톱을 하나씩 뽑아내고 손가락을 한 마디씩 잘라서 최대한 고통스럽게 죽여버릴 거다.

일단 전주로 가야 했다. 그리고 얼마가 걸리든 민아를 찾아내야 했다.

전주에 있을 거야. 놈들도 멍청이가 아니라면 어디로 튈지도 모를 문을 무턱대고 넘나들진 않을 거야. 제발…. 이미 하는 짓부터 멍청하고 더러운 개새끼들이지만… 그렇지만… 민아가 살아만 있었으면. 우리 딸이 살아만 있어줬으면….

나는 시체를 대충 버리고 차에 올라탔다. 의자에 잔뜩 스며든 피가 찝찝하게 엉덩이와 등을 적셨다. 아무래도 좋았다. 시동이 걸렸다.

그때 아내의 비명이 들렸다. 나는 그제야 너무 오랫동안 아내를 혼자 뒀다는 걸 깨달았다. 도로에 나와 있다고 꼭 나만 위험하리란 법은 없었다. 칼은 내가 가지고 있었고 아내는 아무 무장도 하고 있지 않았다.

상대가 누구더라도 칼을 가진 남자보단 가만히 울고 있는 여자가 더 쉬운 먹잇감이었을 터였다.

나는 급하게 차를 박차고 나와 아내에게 달려갔다. 웬 사내새끼 두 놈이 양쪽에서 아내를 잡고 있었다. 아내가 숨어 있던 바로 옆 건물로 아내를 끌고 가려 하고 있었다.

"여보! 여보! 살려줘! 민아 아빠!"

아내가 발악하며 소리쳤다.

남자들은 다리를 버둥대며 격렬히 저항하는 아내 때문에 약간 당황한 것 같았다. 아내가 남자들을 차고 버둥대자 그들의 속도도 현저히 줄어들었다. 그러다 한 놈이 아내의 얼굴을 냅다 후려치는 게 보였다.

거리가 너무 멀었다. 상처 난 발바닥도 나를 방해했다. 차를 확인하기 전에 아내를 조금 더 가까운 곳으로 데리고 왔어야 했다.

놈들이 아내를 데리고 문 안으로 들어갔다. 문 뒤편엔 어울리지 않게 농촌 가정집 같은 곳이 보였다. 어디인지 알 수가 없었다.

"여보!"

아내가 소리쳤다. 그리고 거의 코앞에서,

문이 닫혔다.

안 돼! 안 돼!

나는 거의 몇 초 차이로 문을 다시 잡아 열었다. 하지만 그 뒤에 아내는 없었다. 사내놈들도, 어딘지 알 수 없는 가정집도 없었다. 나는 울음소리조차 내지 못한 채 바닥에 주저앉았다.

*

그렇게 보고 있자니 문 너머의 공간은 아주 익숙한 장소였다. 우리 동네, 아니 우리 회사 근처였다. 그런데 사람들이 아주 이상했다. 아니, 이상하다는 표현이 맞는지는 모르지만…, 거리에 사람이 많았다. 죽어 나자빠진 시체는 한 구도 없었고, 급하게 도망치거나 초조해 보이는 사람도 공황에 빠진 사람도 없었다. 총이나 칼을 든 미친놈도 없었다. 예컨대 평소의 모습이요, 문 너머의 공간이 서로 뒤엉키기 전에 보던 평범한 풍경이었다.

나는 홀린 듯이 안으로 들어갔다. 그러곤 누가 시키기라도 한 듯 문을 닫았다.

정신을 차리고 보니 점심에 종종 들르던 식당 앞이었다. 식당의 문을 통해 여기로 온 것 같았다. 분주하게 할 일을 하던 사람들이 나를 발견하고는 슬금슬금,

또는 매우 급하게 자리를 피하는 게 보였다. 그럴 만도 했다. 나 이외엔 모두 멀쩡하고 아무 일 없는 모습인데, 갑자기 툭 튀어나온 나는 온통 피투성이에 칼까지 쥐고 있었다. 방을 나서던 그대로 옷은 추리닝 차림에 양말조차 신고 있지 않았다. 이상했다. 나도 이 장소도. 나는 사람들이 몰려들기 전에 얼른 칼을 버렸고, 얼굴을 가린 채 자리에서 도망쳤다.

그렇게 달려간 곳은 회사였다. 당장 갈 수 있는 익숙한 공간 중 가장 가까운 곳이었다. 내가 절뚝거리며 헐레벌떡 뛰어가자 경비원이 깜짝 놀라 나를 막아서려 달려왔다. 그는 나를 알아보는지 멈칫했다. 우린 몇 년간이나 얼굴을 마주친, 아침마다 반갑게든 건성으로든 인사를 하는 사이였다.

"꼴이 대체 왜 그래요? 차에 치이기라도 하셨어요?"

경비원이 잔뜩 놀라 물었다.

"그냥. 좀 넘어졌습니다."

내가 대충 대답했다. 그러곤 얼른 자리를 피하려는 찰나, 퍼뜩 떠오른 질문에 그에게 다시 물었다.

"저, 그런데 오늘이 며칠이죠?"

"오늘요? 그야 23일이죠?"

경비원이 대체 무슨 일이냐는 표정으로 의아하게

되물었다.

오, 세상에. 세상에나.

나는 고맙다는 말만 남기고 그대로 뛰어갔다.

우선 화장실로 들어가 세면대에 얼굴을 들이댔다. 돌아다니기라도 하려면 얼굴과 손에 잔뜩 묻은 피를 씻어내야 했다. 페이퍼 타올을 뽑아내 발바닥도 최대한 지혈했다. 옷에 묻은 피도 닦아내보려 했지만 그건 거의 소용이 없었다.

23일이라니. 내가 기억하는 오늘은 26일이었다.

이해가 되지 않았다. 거울로 물 묻은 얼굴을 보며 말도 안 되는 일이라고 생각했다. 내 눈은 너무나 초췌해 보였고, 나머지 사람들은 너무나 정상적이었다. 너무 큰 충격에 내가 진짜 미쳐버렸거나, 세상이 미쳤거나 둘 중 하나였다.

혹시 오늘이 '정말' 23일이라면, 그러면 아내와 민아는 어떻게 되는 거지?

불현듯 소름이 올랐다. 그리고 갑작스레 이 이상한 일이 사실이길 빌었다. 여기가 정말 과거라면 둘이 아직 살아 있지 않을까? 안전하게 있지 않을까? 구해낼 수 있지 않을까?

공간이 모조리 뒤섞인 세상이었다. 문 뒤에 뭐가 있

을지 장담할 수 없었다. 아무런 규칙도 없는 마구잡이 뒤섞임이라면, 혹 그 문 뒤에, 시간도 뒤섞여 과거가 있지 말란 법이 있겠는가?

꿈인가도 싶었지만, 아무래도 현실인 것 같았다. 온몸에 난 상처가 쓰라렸다. 발바닥의 고통이 시종일관 나를 괴롭혔다.

물론 완전히 믿을 수는 없었다. 사실 오늘 온종일 벌어진 모든 일에 현실감이 없었다. 의문은 끝도 없이 차올랐다. 그렇다면 지금 이곳에, 이 세상에 나는 두 명인 건가? 원래 오늘을 살던 나와, 지금 이 자리에서 거울을 보고 있는 나.

난 23일에 뭘 하고 있었지?

그래. 중요한 미팅이 있던 날이었다. 해가 쨍쨍한 걸 보니 아마도 지금은 오후였고, 난 회의실에 들어가 있을 터였다.

또 다른 나를 보면 무엇보다 지금 상황이 믿어질 것 같았다. 생각이 거기에 미치자 나는 머리를 부여잡고 걸음을 재촉했다. 아마 내가 정말 둘이라면… 적지 않은 소동이 벌어질 것은 물론, 무슨 일이 벌어질 지도 상상할 수 없었다. 잘못된 선택일 수도 있었다. 하지만….

화장실을 나와 엘리베이터를 눌렀다. 엘리베이터가 도착하는 동안 홀에 붙은 시계를 보니 아직 3시 17분이었다. 회의가 시작한 지는 얼마 지나지 않았다. 나는 엘리베이터에 올라타 6층을 눌렀다.

엘리베이터에서 내리자마자 동료 여직원 하나가 나를 발견하곤 소스라치게 놀라며 달려왔다.

"박 과장님! 대체 어떻게 되신 거예요? 바지에 그건 피예요?"

"아, 그게 어쩌다 보니 그렇게 됐어요."

내가 어색하게 웃으며 대답했다.

"지금 과장님 때문에 다들 난리가 났어요!"

여직원이 호들갑을 떨었다.

"갑자기 사라지셔선…."

사라져?

"박 과장? 박 과장이라고?"

소란을 들은 건지 부장이 직접 소리를 치며 그들에게 다가왔다.

"대체 어떻게 된 거야! 지금 이거 중요한 미팅인 거 몰라? 지금이 대체 몇 시야! 나랑 이 차장이랑 다 잘리면 박 과장이 책임질 거야?"

"예?"

내가 되물었다.

"아주 환장을 하겠군. 꼴은 그게 뭐야? 옷은 대체 어떻게 그렇게 해놓고선 그딴 거지꼴로! 미쳤어? 젠장. 자네 그렇게 안 봤는데, 불만이 있으면 말을 하라고! 일단 옷부터 제대로 입고 자료 들고 당장 회의실로 들어가! 끝나고 좀 보지!"

부장이 눈을 부라리며 나를 노려봤다.

내 기억에 오늘 진행되는 회의는 거의 완벽했다 싶을 정도로 만족스럽게 끝났다. 하지만 지금 상황은… 나는? 나는 어디 있지?

나는 부장을 무시한 채 얼빠진 얼굴로 내 자리로 걸어갔다. 그제야 부장의 말이 조금은 이해가 됐다. 자리에는 딱 내 옷가지만 남아 있었다. 구두부터 시작해서, 양말 바지 와이셔츠 넥타이…. 모든 게 의자에 앉아 있다가 사람만 쏙 증발해버린 것 같은 모습으로 의자에 걸쳐 있었다. 일부러 그렇게 벗으려 해도 쉽지 않을 모습이었다. 신발 안엔 양말이 들어 있고… 아마 바지 안엔 팬티가, 와이셔츠 안엔 러닝셔츠가 있을 터였다.

책상 위엔 핸드폰이 보였다. 나는 회의고 뭐고 서둘러 민아에게 전화를 걸었다.

수화음이 울렸다.

하지만 전화를 받지는 않았다. 오, 제발. 제발. 그렇게 기다리는데 수화음이 뚝 끊어졌다. 상대가 전화를 받지 않아 음성사서함으로….

나는 망연자실해서 통화 버튼을 다시 눌렀다. 그때 문자가 날아왔다.

'아빠!! 나 지금 수업 중이야!!!!! 왜?????'

민아였다.

딸이 무사했다. 나는 무슨 신의 선물이라도 되는 양 핸드폰을 가슴에 끌어안았다. 직원들은 이상한 눈으로, 부장은 한심한 눈으로 나를 쳐다봤다.

"이런 미친 새끼가! 도대체 지금 뭐하는 거야? 내 말이 말 같지 않아?"

부장이 계속 소리쳤다.

나는 주섬주섬 옷을 챙겨 화장실로 달려갔다. 물론 회의에 참석하기 위해서는 아니었다. 남은 시간은 고작 사흘이었다. 나는 할 일이 있었다.

급히 옷을 갈아입고 화장실을 나오는데 내가 도망치리란 걸 예상이라도 한 듯 직원 하나가 화장실을 지키고 서 있었다.

"과장님! 어디 가세요!"

직원이 나를 급히 붙잡았다.

"부장님 지금 난리 났다고요! 과장님!"

"미안해. 내가 지금 급히 어딜 좀 가봐야 해. 부장님께 오늘 일은 정말 죄송하다고, 징계든 뭐든 마음대로 하시라고 말 좀 전해줘. 부탁해."

"과장님!"

나는 그의 팔을 뿌리치고 달려가 엘리베이터를 눌렀다. 아니다. 엘리베이터가 여기까지 올라오려면 한참 멀었다. 얼이 빠진 직원이 계속 나를 불렀지만 나는 뒤도 돌아보지 않고 쩔뚝거리며 계단을 뛰어내렸다.

그리고 전화를 걸었다. 집에 있던 아내는 비교적 전화를 빨리 받았다.

"지금 괜찮지? 아무 일 없지? 집이야?"

내가 물었다.

왜 그래 여보? 다쳤어? 헐떡이는 내 목소리에 놀란 아내의 걱정 어린 목소리가 들려왔다. 안도의 눈물이 왈칵 흐르는 걸 가까스로 억누르고 일단 별일 아니니 걱정하지 말라고, 사랑한다고 말하고 전화를 끊었다. 됐다. 모두 무사했다. 나는 믿지도 않던 신에게 감사한다고 수도 없이 되뇌었다. 이건 말 그대로 신이 주신 두 번째 기회였다.

나는 그대로 회사를 뛰쳐나왔다. 준비가 필요했다. 머리가 필사적으로 굴러갔다. 일단 식량이 필요했고 불, 물, 전기가 필요했다. 하지만 그것만으론 어딘가 부족해 보였다.

망할! 나는 고작 사흘 안에, 우리 집을 빌어먹을 세상에 대항할 완벽한 요새로 만들어야 했다. 나는 머리를 쥐어 싸매고 아직은 멀쩡한 세상을 급하게 서성였다.

"세상에 이게 다 뭐예요! 무슨 일이야?"

아내가 내 뒤를 따라 줄줄이 들어오는 온갖 통조림 박스들을 보며 소리쳤다.

"내가 다 설명해줄게. 조금만 기다려봐. 정말 큰 일이야. 그래서 그래. 우린 이게 꼭 필요할 거고."

"그게 대체 무슨 소리야. 이 많은 걸 대체… 어디서 난 거야? 응? 여보?"

아내가 거의 기절할 듯이 다그쳤다. 상자들은 정말 끝도 없이 들어와서 작은 방을 바닥부터 천장까지 빈 공간 없이 채우고, 큰 방도 절반 이상을 채웠으며, 거실에도 잔뜩 들어찼다. 24평짜리 집이 절반 이상은 식료품에 점령당해 꼭 필요한 동선만을 가까스로 유지

한 모습이었다.

의아한 눈으로 상자를 나르던 배달원들이 모두 철수하고 나자, 나는 아내를 앉혀놓고 이야기를 시작했다.

문 뒤의 공간이 뒤섞이는 이야기. 민아의 이야기. 아내의 이야기. 과거로 돌아오고 겪은 이야기들을.

아내는 전혀 믿지 않았다. 열이라도 있는 건가 내 머리를 만져보며 119에 신고를 해야 하는지 걱정하고 있었다. 하지만 거짓말이 아니었다. 분명 내 손과 발에는 상처가 여전히 있었고, 그건 건드릴 때마다 눈물이 나도록 쓰라렸다.

"여보, 당신은… 그냥 꿈을 꾼 거야…. 그럴 리가 없어. 말도 안 돼."

아내가 조용히, 최대한 침착하려 애쓰며 타일렀다.

"헛소리가 아니래도. 무슨 꿈을 꾸면 이렇게 다쳐서, 피가 잔뜩 묻은 채로 거리 한복판에서 깨어날 수 있겠어?"

아내의 눈에 눈물이 고이는 것을 보니 내가 미쳤다고 생각하는 것 같았다. 하기야 내가 아내의 입장이라도 마찬가지였을 것이다. 이해할 수 있었다.

나는 아내를 가만히 끌어안았다. 그러고는 아내를

달래기 위해 하나씩 하나씩 우리가 처음 만났을 때부터의 추억을 이야기했다. 내가 미치지 않고 멀쩡하다는 것을 보여주기 위함이었다. 옛날이야기들을. 우리만 아는 이야기들을. 그리고 과거로 돌아오기 전에 겪었던 슬픈 이야기들을 다시 한번 아내의 귀에 속삭였다.

"제발 사흘만 믿고 기다려줘. 그때도 내가 틀렸다면 기필코 여기 있는 박스들 전부 반품해 올게. 당신이 정신과에 가보라 해도 군소리 없이 갈게. 이제 사흘도 아니고 이틀 조금 넘게 남았을 뿐이야. 제발 조금만. 조금만 참고 기다려줘."

내가 속삭였다. 그리고 다시는, 다시는 당신과 민아를 잃고 싶지 않다고 애원했다.

아내는 그제야 조금 누그러진 기색이었다. 시간이 좀 걸렸지만. 아내는 어색하게나마 내 등을 토닥였다.

하지만 딸의 반응은 아내만큼 호락호락하지 않았다. 밤 11시. 학교가 끝나고 집에 도착한 딸아이는 온 집 안에 들어찬 식료품을 보며 제 아빠가 미쳤다고 확신했다. 반응이 어찌나 날카로운지, 지나간 지 얼마 되지도 않은 사춘기가 다시 온 것만 같았다. 내가 무슨 말을 해도 민아는 듣지 않았다. 딸은 됐다고 정색하며 방으로 들어가버렸을 뿐이었다.

뭐라고 해야 할까. 결국 애써 밀어내던 침묵이 사방에 흘러넘쳤다. 아내가 애매하게 나를 바라봤다. 나는 이것도 저것도 어쩔 수가 없었다.

다음 날, 집 안엔 온통 어색한 기류가 흘렀다. 아직 대놓고 말하진 않지만, 가장이 미친 거라 믿는 어색한 기류가.

나는 그 분위기를 애써 무시한 채 안방, 화장실 할 것 없이 현관문을 제외한 집 안의 문이란 문을 모조리 떼어버렸다. 그러는 사이 급하게 부른 업자가 정수기 두 대와 필터 네 박스를 놓고 갔고, 가스레인지 대신 전기레인지가 설치됐으며, 또 다른 업자들이 와서 베란다 쪽에 소형 태양열 발전기와 빗물을 모으는 작은 물탱크를 설치하고 갔다. 이해해준다고 말은 했지만 아내는 거의 미칠 것 같은 표정이었다.

"이게 다 얼마야…."

오후 2시쯤 되자 나보다 아내가 더 제정신이 아닌 것 같았다. 대출금. 아마도 아내는 남은 집 대출금을 생각하고 있으리라.

오후 3시부터는 거의 내내 차를 몰아 이곳저곳을 돌아다녔다. 돌아오는 차의 뒷좌석엔 수많은 재료는 물론 페달식 자가 발전기까지 들어 있었다. 그리고 상상도 못 할 돈을 주고 구입한 길쭉한 천 뭉치도 있었다. 오늘이 마지막 기회였으니까. 이제는 액수를 신경 쓸 수도 없었고, 무엇이든 직접 가져오는 방법밖에 없었다.

"그렇다고 화장실 문까지 떼면 어떻게 해! 옷은 또 어떻게 갈아입으라고!"

집에 돌아온 민아는 자신의 방문과 화장실 문이 사라졌다는 것에 분노를 폭발시켰다. 딱 하루만 이렇게 있어보자고, 아빠가 틀렸으면 모든 걸 원래대로 돌려놓겠다고 설득하려 했지만 소용이 없었다. 딸아이는 나와 눈을 마주치려고조차 하지 않았다. 나는 그저 허탈하게 웃었고, 민아는 그대로 자기 방에 들어가 어떻게 한 건지 이불을 커튼처럼 이용해 아예 방문을 막아버렸다.

그렇게 시한폭탄 같은 분위기 속에서 예정된 시간이 찾아왔다.

그날은 미리 사둔 재료로 현관문을 틀어막고, 민아를 학교에 보내지 않는 데 아침을 전부 소비했다. 선생님 죄송하지만 저희 딸이 많이 아픈 것 같습니다. 막상 학교에서 딸을 빼내는 것은 어렵지 않았다. 아내는 복잡하고 못마땅한 표정이었지만 이제 내 행동엔 아무런 토도 달지 않았고, 민아는 학교를 빠지는 것만큼은 싫지 않은지 애매한 태도로 방에 들어가 컴퓨터 앞에 자리를 잡았다.

세상이 뒤집히기 시작하는 건 대충 오전 10시 경이었다. 이렇게까지 했는데 정말 아무 일도 일어나지 않으면 어쩌나 하는 걱정도 조금은 있었다. 하지만 나는 아무 일도 일어나지 않기를, 차라리 내가 미쳐서 헛것을 본 것이기를 간절히 바랐다. 내가 정신병원에 들어가더라도 가족들이 안전한 게 낫지 않은가.

지금은 9시 40분. 부디, 부디 아무 일도 일어나지 않기를⋯.

하지만 일이 터지리라는 걸 알고 있었다. 그리고 이제 곧 시작이었다.

비명이 들려오기 시작했다. 곧 총소리도 들려왔다. 꿈같은 이야기였지만 꿈이 아니었다. 결국 일이 벌어졌고, 혼란이 도시를 먹어치우는 데는 채 30분도 걸리지 않았다. 시신이 쌓여가고 미친놈들이 활개를 치고 다녔다. 불행히도 내 말은 사실이었다.

안절부절못하던 아내는 창밖을 힐끔 보더니 결국 맥없이 주저앉아 벌벌 떨었다.

"말도 안 돼…. 이거 진짜야? 나도 꿈을 꾸고 있는
거야?"

아내가 결국 충격에 빠져 중얼거렸다. 더 이상 현실
과 나의 이야기를 부정할 수가 없는 것 같았다.

"괜찮아. 우린 괜찮을 거야."

내가 아내의 어깨를 감싸며 조용히 말했다.

"미안해, 여보…. 그렇지만 도저히 믿을 수가 없었
어. 나는… 나는….'

고개를 저으며 아내의 말을 막았다. 그것만으로 충
분했다. 아내는 울상이 되어 그대로 내게 몸을 기댔다.

민아는 한참 만에야 우리에게 다가와 눈치를 살피
며 쭈뼛거렸다.

"어어…."

얼굴을 보아하니 미안하다고 말하고 싶은 모양인
데, 어찌할 바를 모르는 것 같았다.

"많이 놀랐지? 봐. 우리 집은 괜찮을 거야."

내가 먼저 말을 걸자 민아는 들릴락 말락 하게 죄
송하다고 웅얼거렸다. 가슴 한쪽이 먹먹하고 묵직했
다. 나는 이번에도 가만히 고개를 저었다.

시간이 지나면 언젠가 문제가 해결될 거란 믿음이
있었다. 몇 달 혹은 몇 년이 걸릴지는 모르겠지만, 공간이 원래대로 돌아가든지 사람들이 정신을 차리고 평화를 되찾든지 말이다. 우리에겐 몇 년은 거뜬히 버틸 식량이 있었다. 좀 질리기야 하겠지만 살아남는다는 게 중요했다. 물도 불도 전기도 있었다.

안전한 것 같았다. 정말 한동안은.

괜찮을 것 같았다.

이제 아내와 딸은 나를 전적으로 믿고 의지했다. 가족이 내 품에 안전하게 돌아와 있었다. 통조림들은 먹을 만했고, 나쁘지 않은 시작이었다.

하지만 세상이 뒤집힌 바로 그날 밤. 안방에서….

쿵!

소리가 요란하게 울렸다.

잔뜩 긴장한 우리에겐 핵폭탄만큼이나 크고 끔찍한 소리였다. 잘못 들었나 싶었지만 아니었다. 쿵, 쿵. 나는 놀라 방 안으로 뛰어들었다.

오오오, 제기랄!

아닐 거라 믿고 싶었다. 장롱이었다.

장롱문 안쪽에서 뭔가가 쿵쿵대고 있었다.

앞에 수많은 박스가 들어찬 덕에 문이 열리진 않았지만, 그 뒤에 뭔가 다른 공간이 있다는 건 알 수 있었다.

왜 저 생각을 못 했지?

갑작스럽게 싱크대의 문이나, 작은 서랍 문들도 걱정되기 시작했다. 냉장고는 어땠었지?

하지만 당장 문제는 역시나 장롱이었다. 다른 공간의 누군가가 장롱 틈으로 식량 더미를 본 것 같았다. 살짝 벌어진 장롱문 틈이 박스들 위로 삐죽 보였는데, 박스 위로 기어올라 밀어보았지만 뭔가를 끼워 넣어 고정시킨 건지 닫히지가 않았다.

알 수 없는 언어로 장롱 뒤에서 떠드는 소리가 들리는가 싶더니 곧 환호성이 방을 휩쓸었다. 남자들의 목소리였다. 몇인지도 알 수 없을 정도로 많은 목소리.

이런 씨발! 이렇게 빨리 모든 게 틀어질 수는 없었다.

가족들을 데리고 아예 한적한 시골이나 어디 외딴 섬이나 동굴을 찾아가야 했던 걸까?

아내와 민아가 깜짝 놀라 내게 매달렸다. 나는 둘에게 조용히 하라고 입에 손가락을 갖다 대 보인 후, 안방과 그나마 가장 먼 딸아이의 방으로 둘을 피신시켰다.

이번에도 아내를, 딸을 잃을 수는 없었다.

나는 어렵게 구한 길쭉한 천 뭉치를 꺼내 들었다.
불법 개조된 반자동 5연발 공기총이었다. 애초에 멧돼
지사냥용으로 나온 총인데 현재 위력은 두 배는 족히
될 거라나. 어차피 수렵면허가 없어 총기구매 자체가
불법인 마당에, 기왕 저지를 거 더 센 놈으로 사겠다
고 돈을 퍼부은 녀석이었다.

나는 총신을 부여잡고 장롱을 노려보았다. 빌어먹
을 군대에서 배운 게 그것뿐이라 총 쏘는 법은 알고
있었다. 준비된 총알도 생각보다 많았지만 낭비할 수
는 없었다. 일단 장롱 뒤의 남자들은 적어도 열 명 이
상. 나중을 생각하면 한 명당 총알 한 발, 못해도 두
발 이내에 끝내야 했다. 이런 식으로 앞으로 언제까지
버틸 수 있을까.

그전에, 내가 정말 사람을 쏠 수 있을까?

식은땀이 비 오듯 흐르고 고민이 차올랐다.

통조림들이 꽤 무거운 덕에 장롱이 쉽게 열릴 것 같
지는 않았다. 아직은 괜찮았다. 하지만 이대로 놔두면
언젠가는 문이 열리고 말 것이다. 장롱은 계속 쿵쿵거
렸고 무슨 수를 쓰는 건지 그때마다 문이 조금씩 벌어
졌다. 눈에 보이지 않을 정도로 미세한 정도지만 도저
히 알아채지 못할 수가 없었다. 손에 땀이 흥건하게

배어들었다. 나는 총과 마음을 다잡았다.

그래. 저 문 뒤의 사람들을, 그 개새끼들이라고 생각하는 거야.

그래. 어떻게 온 기회인데.

나는 아내와 딸을 지켜낼 것이다. 누구보다 미친놈이 되는 한이 있더라도.

장롱이 계속 쿵쿵거렸다.

나 홀로 숨바꼭질

✦ 2017년 '황금가지×네이버 오디오클립' Young Adult Horror 문학상 가작 수상

✦ 2018년 네이버 오디오클립 오디오 콘텐츠 공개

✦ 2019년 오디오북(황금가지) 출간

생각해보면 처음 시작은 간단한 내기였다. 아니, 정확히는 내기라 하기도 우스운 치기 어린 허세였는데 일이 이렇게 커질 줄은 생각도 못 한 것이다. 당시의 나는 고등학교 2학년이었고, 세간에는 '혼자 하는 숨바꼭질'이라는 게 갑작스레 나타나 기승을 부리며 유행하고 있었다.

귀신과 벌이는 숨바꼭질이라 하면… 더 이해하기 쉬울까? 그건 일종의 강령술로, 더 어릴 때 유행하던 분신사바 같은 것이었다. 인형에 귀신을 불러들이고는, 칼로 몇 번 찔러 도발하고, 날 찾아보라며 어두운 어딘가에 숨어 있는, 그런 멍청하고 무서운 놀이였다.

친구놈들이 쉬는 시간마다 이 사람 저 사람의 숨바꼭질 영상을 찾아보던 것도 그즈음이었다. 사실 영상의 내용은 별것 없었다. 보통 어두운 방 안에 인형이 하나 누워 있고 TV가 혼자 치지직거리며 켜져 있을 뿐이었다. 그리고 영상의 마지막에 제작자가 나타나 말도 안 되는 거짓말을 늘어놓으며 자신이 뭔가 이상한 일을 겪었다고 얘기하는 거였다. 조금 특별한 걸 꼽는다 해도 가끔 예고도 없이 TV가 꺼지거나, 괜한 물건이 툭 하고 떨어지거나, 창문 따위가 덜컥거리는 모습이 종종 보인다는 정도였다.

친구놈들은 뭐가 그리 재밌는지 그런 사소한 연출이 나올 때마다 '우오오!' 하고 소리쳤다. 심령현상이라나 뭐라나. 반에 한두 명 이상은 있는 리액션 좋은 친구들이 반 전체를 선동하다 보니 우리 학교 아이들은 이상할 정도로 그런 것에 열광하고 있었다.

솔직히 당시의 나는 귀신을 전혀 믿지 않았고 그런 영상들도 전부 짜고 치는 연출이라 생각했다. 조금만 생각해봐도 그렇지 않은가? 혼자 깜빡거리는 TV나 덜컥거리는 창문이라고? 마음만 먹으면 누구든 그 정도 조작은 가능할 것 같았다. TV를 깜빡거리는 정도야 리모컨만 있으면 누구든 할 수 있지 않은가. 말이야

다들 혼자서 찍었다지만 실제로 화면 밖에서 도움을 주는 누군가가 더 있었을지도 모를 일이었다.

문제는 내가 그런 생각을 너무 대수롭지 않고 당당하게 툭 내뱉었다는 거였다. 하나도 무섭지 않다고. 그것이 치기 어린 고등학교 2학년 남학생들 사이에 어떤 영향을 미칠지 그때는 미처 알지 못했다. 내 말을 듣자마자 옆에 있던 친구 하나가 대뜸 그렇게 자신 있으면 직접 해볼 수도 있느냐고 물었고, 정확한 대화가 기억나지 않지만, 나는 결과적으로 큰소리를 치며 할 수 있다고 대답해버렸다.

학교에는 반응 좋은 친구들만큼 바람잡이들도 많이 있었다. 대화가 어떻게 흘러갔는지 누군가 금세 "야! 영민이가 우리 교실에서 숨바꼭질 해보겠대!"라고 소리쳤다. "오오오오!" 하고 이어지는 반 아이들의 호응이 아직도 기억난다. 나는 그렇게 분위기에 떠밀려 공식적으로 그 이상한 강령술의 반대표 체험자가 되었다. 그때 안 하겠다고 했어야 했는데⋯. 말했다시피 당시의 나는 귀신이 별로 무섭지 않았고, 워낙 당당하게 말을 벌려놓은 터라 딱히 물러설 생각이 없었다. 자존심이 걸린 문제였다.

그날은 반 전체가 신이 나서 거의 온종일 '혼자 하

는 숨바꼭질'에 대해 정보를 모았던 것 같다. 운동회 때 반 단체복을 맞추는 것보다 더 열성적이었다. 혹시 근래에 남고를 나온 사람이라면, 이게 어느 정도의 열정인지 알 수 있으리라 생각한다. 결국 다음 날에는 몇몇의 전폭적인 지지에 힘입어, 너무 본격적이다 싶을 정도로 문제의 강령술이 준비되었다.

친구놈들이 준비해준 건 직접 정성스레 타이핑해 온 듯한 '혼자 숨바꼭질하는 법'이라는 긴 설명서와, 사람 모양의 인형, 좁쌀, 빨간 실, 라이터, 조그마한 소금, 그러니까 치킨 시키면 따라오는 바로 그 소금 한 봉지였다.

사실 나는 그때부터 살짝 겁을 먹었다. 솔직히 친구들이 신이 나서 인형의 배를 가르고, 솜을 꺼내고, 그 안에 좁쌀을 채워 넣는 것을 보면서, 그리고 신체의 일부가 필요하다며 내 머리카락을 네 개나 뽑아서 그 안에 같이 넣는 것을 보면서, 이런 일련의 행위에 무슨 의미가 있는지는 몰라도 슬슬 장난이 아니구나 싶었다. 인형은 굳이 빨간 실을 이용해 기괴한 모습으로 꿰매진 뒤에 '귀신이'라고 이름까지 붙여졌다. 나는 대놓고 말은 못 하고 '이런 미친 새끼들아. 너무하는 거 아니냐?'를 몇 번이나 주워 삼켰는지 셀 수도 없었다.

몇몇 놈들은 피를 몇 방울 같이 넣으면 더 확실하다며 자꾸만 내게 바늘을 들이댔다. 더 강한 귀신이 인형에 붙는다던가? 마침 우리한테는 인형을 꿰매느라 튼튼하고 날카로운 대바늘이 준비되어 있었다. 애들이 자꾸 손가락 한 번만 콕 찌르자며 바늘을 들이대는 통에 온갖 욕지거리를 참느라 얼마나 고생했는지 모르겠다. 아 진짜. 미친 새끼들. 그때 피를 넣었다면 어떻게 되었을지 생각조차 하고 싶지 않다. 어쨌든 나는 피를 보고 싶지 않다는 이유로, 완강한 거절 끝에 그것만은 피해갈 수 있었다. 지금 생각해보면 그건 그날 한 일 중 그나마 가장 잘한 일이었다.

그날 밤. 나는 새벽 2시가 다 돼갈 무렵에 혼자 학교를 찾아갔다. 유독 어둡고 으스스해 보이던 학교의 모습이 아직도 생생하다. 구름이 너무 많아 달빛조차 비추지 않던 그날 밤의 학교는 유달리 거대한 모습으로 나를 노려보고 있었다. 여름철의 벌레들마저 운동장 구석에서 스산하게 울어대는 바람에, 괜히 정문을 들어서기부터 쉽지 않았던 걸로 기억한다.

학교의 건물은 당연하게도 잠겨 있었다. 하지만 친구놈들은 똑똑하게도 퇴교하면서 1층 화장실의 창문 하나를 잠기지 않도록 고장내놓았고, 불행히도 이는 무척 성공적이었다. 그 좋은 머리로 왜 다들 공부를 안 하는지 알 수가 없었다. 나는 도둑고양이처럼 그 창문을 넘어 학교 안으로 들어섰다.

전혀 무섭지 않다고 큰소리 떵떵 쳤건만 나는 딱 들어선 화장실에서부터 어깨가 움츠러들었다. 학교는 너무나 조용하고 어두웠고, 조금만 움직여도 내 소리가 너무나 크게 울렸다. 화장실 칸막이 안에서는 뭐라도 당장 튀어나올 것 같았다. 얼마나 긴장했는지 손바닥이 축축했다. 솔직히 말하자면 나는 뻔히 알고 있는 화장실의 거울 앞을 지나다가, 어렴풋이 보이는 내 모습에 놀라 기겁하며 바로 학교를 뛰쳐나갈 뻔했었다.

나는 지금도 겁이 많은 편은 아니라고 자부하지만 그날의 학교가 풍기던 스산한 분위기는 나를 압도하고 겁주기에 부족함이 없었다. 가방에 든 인형과 준비물들 탓에, 곧 내가 저질러야 할 일련의 기괴한 행위들 탓에 더 그랬을 수도 있었다. 괜히 누군가 날 지켜보는 것 같고 저 어둠 속에 누군가 숨어 있는 것도 같았다. 이성적으로는 매일 보는 학교임을 알고 있었지만, 어두운 복도와 아무 소리도 들리지 않는 적막이란 평소에 보는 것과는 전혀 다른 모습이었다.

너무 긴장 상태로 주위를 살피며 걸었기 때문인지 계단을 올라 우리 교실까지 가는 데만도 꽤 오랜 시간이 걸렸다. 나는 교실에 들어서서 크게 숨을 몰아쉬었고, 잠깐의 휴식 끝에 '의식'을 준비했다.

우선 화장실에 들러 가지고 온 작은 대야에 반쯤 물을 담아 돌아왔다. 소금물을 준비하는 것도 잊지 않았다. 수도꼭지를 틀었을 때 물소리 때문에 얼마나 놀랐는지. 적막에 싸인 학교는 삐걱거리는 수도꼭지와 대야를 때리는 물소리만으로도 소름이 돋았다. 나는 나를 빤히 바라보는 거울을 애써 무시한 채 서둘러 복도를 걸었다.

어쨌건 교실로 돌아온 나는 우선 교실의 앞뒷문과 창문을 잘 잠그고 칠판 왼쪽에 서 있는 커다란 TV의 전원을 눌렀다. 핑 하는 작은 소리와 함께 회색의 치지직거리는 노이즈 화면이 나타나 어렴풋이 교실을 밝혔다. 나는 그 '치지지직' 소리도 괜스레 무서워서 소리를 아주 작게 줄여버렸다.

그리고 핸드폰 카메라를 켜서 동영상 촬영을 시작했다. 다음 날 친구들에게 보여주기 위한 증거자료를 만들기 위함이었다. 먼저 내 손목시계와 교실의 시계를 비추어 현재 시각이 2시 15분이 다 되어감을 촬영했고, 교실을 한 바퀴 쭉 둘러 앞뒷문이 잘 닫혀 있음도 촬영했다. 그 뒤 핸드폰을 뒤쪽 사물함 가운데쯤에 교실 전체가 찍히도록 설치했다.

그때부터가 본격적인 시작이었다. 교실 한가운데에서, 나는 두근거리는 심장을 애써 진정시키며 대야에 인형을 담갔다. 인형이 약간 곱슬거리는 머리카락 아래로 플라스틱 재질의 딱딱한 얼굴을 들어 나를 비웃는 것만 같았다. 나를 바라보는 새카만 눈빛이 괜히 섬뜩했다. 대체 어디서 이런 인형을 주워온 건지 원망스러울 정도였다. 그건 분명 어린아이들이 가지고 놀법한 인형이었지만, 어느 브랜드인지도 모르겠고 흔히볼 수도 없는 그런 종류의 물건이었다.

나는 인형의 눈빛을 애써 외면하며 주문을 외웠다.

"첫 번째 술래는 영민이. 첫 번째 술래는 영민이. 첫 번째 술래는 영민이."

그러고는 뒤로 물러나다가 10여 초 정도 눈을 감았다가, 다시 인형의 앞으로 다가갔다.

손에는 미리 준비해둔 커터칼이 들려 있었다. 나는 그 칼로 인형의 배를 찌르며 다시 주문을 외웠다.

"귀신이 찾았다. 귀신이 찾았다. 귀신이 찾았다."

나는 칼을 거두어 대야 옆에 두고는 숨을 몰아쉬었

© Moon Junsu

다. 기분 탓인지 인형의 눈빛이 미묘하게 변한 것도 같았다. 더 살벌하고 더 소름 돋게. 나는 마지막 주문만을 남겨둔 채 한참을 망설이다가, 결국 일을 저지르고 말았다.

"다음 술래는 귀신이. 다음 술래는 귀신이. 다음 술래는… 귀신이."

그리고 얼른 준비해온 소금물을 입에 물었다. 설명서에 따르면 소금물은 혹시 모를 사태를 방지하기 위한 안전장치였다. 정말로 인형이 칼을 들고 다가올 경우, 물론 그럴 일은 없을 거라 생각했지만, 입에 있는 소금물을 얼굴에 뿌리고 '내가 이겼다'라고 세 번 외치면 게임이 끝난다는 거였다. 소금물을 입에 담고 있으면 귀신이 대상을 보지 못한다는 얘기도 있었다. 어쨌건 나는 소금물을 잔뜩 물고는 최대한 빨리 뒤쪽으로 걸어가 오른쪽 구석에, 휴지통을 엄폐물 삼아 몸을 숨겼다.

아무 일도 일어나지 않을 거라 확신했지만 막상 그렇게 숨어 있자니 심장이 터질 것 같았다. TV가 흘려내는 희미한 치지직 소리가 계속 등을 훑고 지나갔다. 그래, 아무 일도 없을 거야. 나는 그렇게 스스로를 다독이며 10분만, 아니 5분만 참고 얼른 교실을 벗어날 생각이었다.

아직도 정확히 기억난다. '인형은 대충 운동장 가운데서 태워버리고 얼른 집에 가야지.'라고 딱 생각했을 때, TV가 갑자기 깜빡거렸다.

나는 너무 놀라 숨을 멈췄다. 잘못 본 건가 싶었다. 하지만 TV는 몇 초 지나지 않아 다시 깜빡거렸다. 착각이 아니었다.

휴지통 뒤에 고개를 파묻고 숨어 있었지만 불빛의 유무 정도는 확인할 수 있었다. 문득 불길한 느낌이 가슴 가득 차올랐다. 내 심장 소리와 숨소리가 너무 크다고 느껴본 건 그때가 처음이었다.

나는 TV가 너무 오래돼서 그럴 수도 있다고 애써 가슴을 달랬다. 우리 학교는 학생들한테 돈 쓰는 것에는 유독 깐깐했다. 에어컨도 맨날 교무실만 틀어놓지 않던가. TV도 이제 갈 때가 된 거겠지. 아니면 송신 채널에 문제가 있을 수도 있고. 어차피 아무것도 나오지 않는 채널이지만….

불현듯 많은 생각이 지나갔다. 설명서에는 주변에 잡귀가 없으면 의식에 실패할 수도 있다고 쓰여 있었다. 하지만 우리 학교에는, 으레 어느 학교든 그렇듯 여러 가지 괴담이 있었다. 화장실에서 자살했다는 전교

2등의 이야기나, 학교가 공동묘지 위에 지어졌다는 등의 말도 안 되는 이야기들 말이다. 돌이켜보면 그런 '괴담'들은 너무 흔하고 유행처럼 도는 것이라 전혀 신빙성이 없었지만, 당시의 나는 꼬리에 꼬리를 물고 떠오르는 괴담들 때문에 너무 괴로워 죽을 것만 같았다. 잡귀가 많기로는 병원이나 공동묘지를 제외하면 학교를 이길 만한 곳이 흔치 않았다.

넘치던 생각은 TV가 따닥따닥하고 두 번 연속으로 깜빡거리는 바람에 끝이 났다. 나는 숨을 죽이고 가만히 있었다. 여차하면 냉큼 소금물을 뿜어낼 준비도 잊지 않았다.

그리고 잠시 동안은 아무 일도 없었다. TV도 깜빡거리지 않았다. 대신 이번엔 복도에서 자박 하고 발소리가 들렸다.

자박, 자박, 자박, 자박.

아주 천천히. 소리는 교실을 향해 점점 가까워졌다.

순간 머리에 스친 생각은, 소리의 주인이 경비 아저씨일지도 모른다는 거였다. TV를 켜놓았으니 창밖으로 빛이 보였을 테고, 무슨 일인가 확인하러 오는 건지도 몰랐다. 하지만… 우리 학교에 경비 일을 하는 분이 있었나 싶었다. 등이 싸하게 서늘해지며 소름이 올랐다.

자박, 자박, 자박, 자박.

그때 손바닥을 얼마나 세게 쥐고 있었는지 나중에
보니 손바닥에 손톱 모양으로 선명하게 핏물이 고여
있었다. 그만큼 나는 아픈 것도 모르고 잔뜩 움츠러
있었다. 문득 경비나 수위는 몰라도 당직 선생님은 있
을 수도 있겠다는 생각이 들어서, 나는 차라리 잔뜩
혼이 나더라도 발자국 소리의 주인이 당직 선생님이었
으면 하고 바랐다.

발소리는 딱 우리 교실의 뒷문, 그러니까 내가 숨어
있는 곳 바로 옆에서 멈추었다. 그리고 발걸음 소리 대
신 '철컥' 하고 문고리 돌리는 소리가 들렸다. 창문을
흔드는 소리도 들려왔다.

철컥, 철컥. 덜컹 덜컹 덜컹.

문고리도 창문도 점점 격렬하게 흔들렸다. 나는 고
개도 들지 못하고 그대로 있었다. 무서워서 죽을 것 같
았다. 너무 무서워 몸이 바들바들 떨려댔다. 소금물을
물었음에도 이가 딱딱 부딪혀 소리를 내는 바람에, 나
는 얼른 손가락 하나를 입에 쑤셔 넣어 이 사이에 끼
워 깨물었다.

5분은커녕 시간이 이미 한참 지난 것 같았지만 나
는 자리에 못 박혀 옴짝달싹도 할 수 없었다. 그렇게

떨고 있는데, 이번엔 어째서인지 덜컥거리는 소리들이 갑자기 딱 멈춰 사라졌다.

그러고 나니 이제는 작게 울리는 TV 소리밖에 들리지 않았다. 치지지지직. 아니, 작지 않았다. TV 소리는 처음 내가 줄여놓았던 크기보다 월등히 커져 있었다. 나는 거의 기절할 것 같았다. 울고 있었던 것 같기도 하다. TV가 조금씩 조금씩 볼륨을 키워갔다. 누가 그 시끄러운 소리를 듣거나 불빛을 보고 빨리 와줬으면 싶었다. 그러던 중 TV 소리도 갑자기 뚝 끊겨버렸다.

나는 갑작스레 찾아온 깊은 정막에 귀를 기울였다. 한 10초쯤 지났을까.

치지지지지지직!

TV가 또 한 번 갑작스레 괴음을 지르기 시작했다. 최고 볼륨이라 해도 그만큼 거대한 소리가 나진 않을 것 같았다. 깜짝 놀란 나는 사레가 들려 그만 입 안의 소금물을 뿜어버렸고, 그러자 그와 동시에, 탁! TV가 꺼지더니 칠흑 같은 어둠이 교실을 장악했다. 그리고 책상 하나가 우당탕 소리를 내며 넘겨졌다.

"으아앙아악!"

나는 울음 섞인 정체불명의 비명을 지르며 자리를 박차고 일어났다. 그리고 재빨리 뒷문을 열고, 뒤도 보지 않고 복도를 내달렸다. 몇 번 넘어지고 심지어 계단에서 구르기까지 했지만 멈출 수가 없었다. 아픈 줄도 몰랐다. 무언가 계속 따라오는 것 같아서 뒤를 돌아볼 수도 없었고, 어디까지 비명을 지르면서 달렸는지도 기억나지 않았다. 나는 학교를 벗어나 거의 집에 다 도착할 때까지 숨찬 줄도 모르고 달려왔다.

나는 빨간 가로등 아래에서, 최대한 밝은 불빛 아래에서 숨을 돌렸다. 그제야 조심스럽게, 천천히 고개를 돌려 뒤를 확인했다.

뒤에는 다행히 아무것도 없었다. 하지만 교실에서 아무것도 가져오지 않았다는 것도 그제야 깨달았다. 설명서에는… 인형이 움직였건 안 움직였건 소금물을 뱉어 자신의 승리를 선언하고 인형을 불태워야 후환이 없다고 적혀 있었다. 두 시간 안에 인형을 처리하지 못하면 귀신이 영원히 인형에 들러붙는다고도 쓰여 있었다. 설명서라 해봐야 친구놈들이 인터넷에 떠도는 글들을 취합해 만들어 온 것이니 신빙성이야 적었지만, 이것만큼은 꼭 설명서대로 처리하고 싶은 일이었다. 그렇다고 다시 학교에 돌아갈 엄두는 나지 않았다. 결국 나는 도망치듯 집으로 들어가 이불 안에 숨어들었다.

다음 날. 나는 불도 끄지 못하고 뜬눈으로 밤을 새운 뒤 누구보다 일찍 학교에 도착했다. 얼른 챙기지 못한 핸드폰을 챙기고, 인형을 태우고 싶었다. 미처 처리하지 못한 기타 잡다한 물건들도 치워놓아야 했다. 하지만 혼자 교실에 들어갈 용기는 없어서 부끄럽지만 학교 안으로 들어가지도 못한 채 정문에 서서 반 친구가 하나라도 도착하기를 기다렸다. 다행히 집이 멀고 버스 시간도 잘 맞지 않아 아예 유난히 일찍 오는 친구들이 몇 있었다. 나는 오래 기다리지 않아 그런 친구 한 명을 만나 가까스로 교실로 올라갈 수 있었다.

친구는 나를 보자마자 전날 밤의 숨바꼭질에 대해 물어봤다. 솔직히 나는 그 친구에게 내가 어떤 모습으로 무얼 설명했는지 도저히 기억나질 않는다. 친구에게는 미안하지만 그런 질문에 신경 쓸 여력이 없었다. 밝은 햇빛 아래에서도 불길함이 잔뜩 남아 있어서, 나는 귀신에 홀린 듯 주변을 두리번거리며 벌벌 떨며 교실을 올라갔을 뿐이었다.

막상 도착한 교실에는 내 핸드폰도 인형도 없었다. 심지어 커터칼도 어디 갔는지 보이지 않았다. 가운데쯤의 책상 위에 물이 말라버린 대야와 소금물을 마실 때 썼던 종이컵만이 덩그러니 놓여 있었다. 분명 책상

하나가 넘어진 소리도 들었었는데, 교실에는 그런 흔적마저 없었다. 친구의 핸드폰을 빌려 내 핸드폰에 전화도 걸어보았는데, 어째서인지 연결 상태가 영 좋지 않았다. 정말 이상하게도 규칙적인 수화음 사이사이에 치지직거리는 TV 소리가 섞여 있었다. 그 소리는 점점 커져 수화음이 들리지 않을 정도가 되었고, 나는 깜짝 놀라 종료 버튼을 누르고는 친구에게 떠넘기듯 핸드폰을 돌려줬다. 친구는 잔뜩 겁먹은 표정의 나를 정말 이상한 표정으로 쳐다봤었다.

그래. 밤중에 정말 경비 아저씨든 당직 선생님이든 물건들을 발견하고 가져갔을지도 몰라. 나는 그렇게 생각하기로 마음먹었다. 인형이 제 발로 사라졌다고는 생각하고 싶지 않았다. 하지만 그날 알아본 바로는, 우리 학교에는 경비나 수위 일을 하시는 분이 따로 없었으며 당직을 서는 선생님도 매일 있는 것이 아니었다.

나는 종일 온갖 상상에 시달리며 책상에 앉아 있었다. 그날 내내 어떠한 선생님도 인형이나 핸드폰에 관한 이야기를 꺼내지 않았다는 게 나를 더 불안하게 만들었다. 선생님들이 한밤중에 그런 요상한 현장을 발견했다면… 아마도 범인을 찾겠다고 학교가 발칵 뒤집혔을 터였다.

혹시나 싶어 오후에 다시 내 핸드폰에 전화를 걸어보았지만 배터리라도 방전된 것인지 이제는 아예 연결조차 되지 않았다. 마음 같아서는 선생님들께 그날의 당직 선생님이 누구인지 물어보고, 직접 찾아가 핸드폰에 대해 물어볼까도 싶었다. 물론 끝내 그럴 수는 없었다. 지금 생각해보면 자초지종을 설명하다가 혼이 나는 것은 둘째치고, 핸드폰이, 인형이, 칼이 사라진 이유가 혹시 어른들과 무관하다는 것을 확인하게 되지는 않을까 싶어서였던 것 같다. 그때의 나는, 어쨌든 핸드폰을 잃어버렸으니 부모님께 혼날 거라는 사실도, 정말 선생님들이 물건을 가져간 거라면 결국 내가 무척 엄한 벌을 받을 거라는 사실도 별로 중요하지 않았다. 어차피 혼이 날 거라면 사람한테 혼나는 게 낫겠다 싶었다.

명확한 증거가 없었으니 친구들은 내 말을 도통 믿지 않았다. 대부분 밤에 학교에 왔었다는 것 자체를 믿지 않는 눈치였다. 어쨌든 녀석들은 무섭지 않다며 뻐대던 내가 몸서리를 치며 고개를 젓는 모습에 일단 즐거워했고, 나는 억울하게도 겁쟁이라 놀림 받았다.

어쩌면… 친구들이 장난친 것은 아니었을까. 돌이

켜보면 한 일주일 이상은 그런 가능성을 염두에 두며 친구들을 의심해봤던 것 같다. 준비해줄 때만 봐도 엄청 열성적이었으니 혹시 몰래카메라 같은 걸 한 건 아닐까 싶어서였다. 실제로도 그게 가장 가능성 있는 이야기였다. 그렇지 않은가? 인형이 어디로 갔겠는가? 제 발로 사라졌다는 건 있을 수 없는 일이었다. 게다가 선생님들도 범인이 아니라면 남은 가능성은 그것 하나뿐이었다. 하지만 친구들은 끝내 그날 밤의 일이 몰래카메라였다고 이야기해주지 않았고, 나는 그날 잃어버린 핸드폰을 여태껏 찾을 수 없었다.

그게 벌써 10여 년 전이었다. 나는 당시의 트라우마 탓에 여전히 야밤에 혼자 돌아다니는 것을 꺼려했다. TV는 영 좋아질 수가 없어 앉아 사지도 않았고, 용한 무당이 써준 부적으로 소금을 싸서 항상 주머니에 가지고 다녔다. 오늘도 허리까지 잠기는 폭우에 부적이 망가지지만 않았더라면…, 그 부적은 당연히 내 주머니 속에 있었을 터였다.

솔직히 말하면 나는 당시의 치기 어린 허세를 계속 후회하고 있었다. 평생 가장 잘못한 일 중 하나가 바로 그때 인형의 배를 칼로 찌르며 주문을 외운 거였다. 아니면 그 인형을 태우지 못한 것이거나. 아니, 그런 일을 거리낌 없이 승낙하고 해보겠다고 나선 것 자체가 잘못이었다.

나는 아직도 인적이 끊기는 야심한 밤이면 가끔 창문이 덜컹거리는 소리를 들었다. 문밖에서 서성이는 발자국 소리도 종종 들었고 이유 없이 덜컹거리는 문고리를 볼 때도 있었다. 정말 가끔은, 그때 잃어버린 인형을 직접 보는 경우도 있었다. 남들은 환각을 겪는 거라며 정신병 취급을 하기 일쑤였지만, 나도 차라리 그렇기를 바라지만, 나는 그것이 진짜라는 걸 알고 있었다.

제기랄. 대체 여기까지 어떻게 올라오는 걸까. 놈을 피해서 일부러 8층으로 이사까지 했는데…. 나는 질려버린 눈으로 놈을 바라봤다. 내가 여태껏 '핸드폰'만 찾지 못했다고 말한 것, 혹시 눈치챘는지 모르겠다. 그때 잃어버린 커터칼과 인형은 지금 창문 밖에 있다. 그 인형이, 손에 칼을 꼭 쥐어 든 채 서서 아까부터 고개를 꺾고 나를 바라보고 있다.

우리 교실엔 악마가 있다

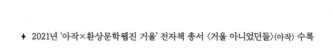
✦ 2021년 '아작×환상문학웹진 거울' 전자책 총서 〈거울 아니었던들〉(아작) 수록

민아는 고개를 떨구며 애써 눈물을 참았다. 아무리 참으려 해도 눈물이 조금씩 새어 나와 눈시울을 물들였다. 다들 해도 너무했다. 오늘 아침 민아의 사물함에는 국어책 대신에 썩은 우유갑 하나가 국물을 줄줄 흘리며 들어 있었다.

"다음은 누가 읽어볼까? 오늘 며칠이지?"

선생님이 말했다.

설마 설마 했는데. 민아는 입술을 깨물었다.

"24일요!"

아이들이 합창하듯 대답했다.

"24번이면…, 민아? 민아 일어나서 한번 읽어볼까?"

아이들의 키득거리는 소리가 여기저기서 들렸다. 이
쯤 되면 누군진 몰라도 아주 작정을 하고 머리를 쓴
거다. 민아는 우물쭈물 일어나 선생님을 바라봤다.

"저… 누가 국어책을 훔쳐 갔어요."

"누가 책을 훔쳐 갔다고?"

선생님이 되물었다.

"또?"

"네…."

선생님은 민아를 잠시 바라보더니 얼굴의 미소를
지우고 난감한 표정을 지었다.

"민아야. 책을 안 가져올 때마다 반 친구들을 의심
하는 건 잘못된 일이야. 일부러 꾸중을 피하려고 거짓
말을 하는 거라면 더 잘못된 일이고. 지난번에도 또
그 지난번에도, 누가 책을 훔쳐 갔다고 했지만 사실 민
아네 집이랑 사물함에 책이 있었잖아? 이번에도 뭔가
오해가 있는 것 아닐까?"

"아니에요. 이번엔 진짜 진짜예요."

민아가 기어가듯 대답했다.

고민이 가득한 선생님과 키득거리는 반 아이들. 그
어수선한 분위기 속에서 몇 초가량이 하염없이 흘러
갔다. 선생님이 얕은 숨을 삼키며 말했다.

"그럼 오늘은 일단 진우 거 빌려서 읽어볼까? 국어 책 이야기는 이따가 선생님이랑 따로 얘기해보자."

민아는 불안한 표정으로 옆자리의 진우를 살짝 바라봤다. 진우는 짜증 난다는 표정으로 작게 한탄을 하더니, 대놓고 싫은 티를 내며 민아의 책상으로 살짝 책을 밀었다. 마치 더러운 변기 속에 손가락을 담그는 듯한 표정이었다. 진우가 책을 내어주자 뒤에서 아이들의 '오오' 하는 야유와 키득거림이 들렸다. 진우는 한껏 더 짜증을 내며 작게 말했다.

"만지지 마라."

나쁜 새끼. 나 좋다고 할 땐 언제고. 민아는 눈물을 꾹 참고 작게 알았다고 대답했다.

서러움이 자꾸만 눈물을 밀어 올렸다. 진우는 요즈음 짝을 바꾸고 싶다고 난리인 걸 넘어 민아를 거의 경멸하는 것 같았다. 욕을 하는 건 예삿일이었고, 심지어 오늘은 민아에게서 우유 썩은내가 난다며 더러운 벌레라도 되는 양 민아를 대했다. 진우뿐 아니라 다른 아이들도 마찬가지였다. 손은 이미 비누로 열 번도 더 씻었건만, 우유갑을 챙겨 버리는 도중에 옷에 묻은 우유 몇 방울이 아직도 은은하게 썩은내를 풍겨대는 탓이었다.

아마 사물함에서 우유에 귀퉁이가 절인 교과서들을 꺼내오게 되면… 상태가 더 끔찍하겠지. 민아가 입술을 깨물었다. 교과서의 절반 이상은 다음 쉬는 시간에 버려야 할 것 같았다. 하지만 그럼 다음 수업은 또 어떻게 들으란 말이야? 눈앞이 막막했다.

"까투리는… 할 수 없이 물러났다…."

민아가 시들한 목소리로 책을 읽었다. 서서 책상에 놓인 책을 읽자니 글씨가 잘 보이지 않았다. 조금씩 차오르던 눈물이 자꾸만 글 읽기를 방해했다. 글이 보이지 않을수록 서러움이 더 차오르고, 눈물이 날수록 글은 더 보이지 않았다.

"그러자 장끼란 놈… 얼룩, 얼룩 장… 목 펼쳐 들고… 콩을 먹으러…."

"선생님, 민아 울어요!"

누군가가 소리쳤다.

반 아이들의 야유와 키득거림, 별꼴이라는 반응들이 사방에서 빗발쳤다.

"조용!"

선생님이 박수를 치며 소리쳤다.

물론 그런다고 반 아이들이 단숨에 조용해질 리 없었다. 티 나게 웅성거리진 못했지만 그 비릿한 키득거림과 혐오스러운 눈빛은 여전히 공기 중에 남아 있었다. 선생님은 난색을 보이며 고개를 저었다.

"민아는 자리에 앉고 다른 친구가 읽어보자. 누구 읽어볼 사람?"

민아는 당황스럽게 선생님을 바라봤다. 선생님은 별다른 말도 위로도 없이 민아에게 착잡한 표정으로 앉으라고 손짓할 뿐이었다. 어쩌면 더 이상 어리광부리지 말라는 표정인 듯도 싶었다. 처음 민아가 교실에서 울음을 터트렸을 때, 살다 살다 처음 아이들 앞에서 눈물을 보였을 때 당황하며 민아를 달래주던, 반 친구들을 조사하고 나무라던 선생님은 더 이상 없었다.

민아는 서럽게, 하지만 이목을 끌지 않도록 조용히 자리에 주저앉았다. 진우는 어느새 책을 가져가 더러운 거라도 묻었다는 듯 책을 털어내고 있었다. 교과서 끄트머리조차 보이지 않는 자신의 책상을 보자 서러움이 폭발했다. 민아는 울면 지는 거라는 생각으로 눈물을 꾹 참았지만, 이내 한두 방울이 볼을 타고 흘러내렸다.

선생님은 그런 민아를 슬쩍 바라보더니 짧게 한숨을 쉬었다. 선생님은 민아를 거짓말쟁이라고 생각하는 게 분명했다. 어쩌면 우는 모습조차 몹쓸 연기라고 여기는지도 몰랐다.

멍청이. 민아는 이제 선생님마저도 너무 미웠다. 얼마 전만 해도 여태껏 만난 어떤 선생님보다 똑똑하고 맘에 든다 생각했던 민아의 선생님은, 멍청하게도 아이들이 작정하고 민아를 거짓말쟁이로 만들고 있다는 걸 도무지 알아차리지 못했다.

민아는 무엇 때문에 일이 이렇게 된 건지 알 수가 없었다. 대체 왜? 내가 뭘 잘못했지? 뭘 잘못했다고? 속에서 억울함이 끓어 올랐다. 친구들이 자신을 왜 이렇게나 싫어하게 됐는지 짐작조차 가지 않았다. 단 한 번도 이런 삶을 살아본 적이 없던 민아는 어찌해야 할지를 몰라 매 순간을 허덕였다.

누군지 몰라도 우유 넣은 새끼. 찾아내면 죽여버릴 거야.

민아가 속으로 다짐했다. 지금으로선 그게 할 수 있는 일의 전부였다. 민아는 우는 소리를 꾹 참으며 부들부들 떨리는 손으로 의자를 부러트릴 듯 움켜잡았다.

"그러니까 누가 민아 사물함에 썩은 우유를 넣어놨다고?"

선생님이 묻고, 민아는 고개를 끄덕였다.

반 아이들이 모두 떠난 방과 후의 교실은 짜증이
날 정도로 평화로웠다. 민아를 비웃는 친구들도 작정
하고 괴롭히려는 누군가도 없었다. 다만 자꾸만 서럽
고 짜증이 나는 이유는, 작년까지만 해도 본인이 문제
아 취급을 받으며 방과 후에 선생님과 대면하게 될 거
라거나 선생님이 이렇게나 자기 말을 믿어주지 않을
거라곤 생각조차 해본 적이 없었기 때문이었다.

"하지만 우리 학교 사물함에는 자물쇠를 걸 수 있
잖아."

선생님이 심각한 표정으로 말했다.

"민아 사물함에도 당연히 걸려 있고. 혹시 열쇠 잃
어버린 적 있었니?"

"아뇨."

민아가 고개를 저었다.

"그럼 혹시 책상 서랍 같은 데에 열쇠를 두고 다니
는 건 아니고?"

"네, 항상 지갑에 챙겨서 잘 가지고 다녀요."

"그러면 말이야…."

선생님이 천천히 말을 골랐다.

"아무래도 남이 썩은 우유를 가져다놓긴 힘들지 않
을까? 민아가 언젠가 우유를 넣어놓고 깜빡했다거나…."

"아니에요. 어제만 해도 없었어요."

민아가 우물쭈물 대답했다.

"진짜 아니에요. 제가 넣어놓은 게 진짜 아니거든
요. 저, 그래서 제가 온종일 곰곰이 생각해봤는데요…
왜 선생님한테 보조열쇠 있잖아요."

"설마 내가 그랬다는 거니?"

선생님이 기겁하며 되물었다.

"아니에요. 그게 아니라요."

민아가 얼른 손을 저었다.

"누가 선생님 보조열쇠를 몰래 훔친 건 아닐까 해
서요."

선생님은 무슨 생각을 하는지 민아를 빤히 바라봤
다. 실제로 반 아이들은 각기 사물함에 자물쇠를 채우
고 그 열쇠를 개개인이 보관했지만, 나이가 나이다 보
니 하루가 멀다고 열쇠를 가져오지 않는 경우가 허다
했다. 하여 선생님들은 아이들의 열쇠를 하나씩 받아
보조키 꾸러미를 만들어 가지고 있었다. 민아가 알기
엔 선생님의 보조키는 항상 교탁에 딸린 선생님의 개
인 서랍 안에 있었다.

"선생님 보조키는 서랍 안에 잘 있어. 게다가 그 서
랍도 잘 잠겨 있어서 선생님이 아니면 열 수 없고."

"그래도 혹시 몰라요. 확인 한번만 해주세요."

선생님은 어쩔 수 없다는 표정으로 주머니에서 작은 열쇠를 꺼내 들었다. 철컥, 굳게 잠겨 있던 작은 서랍이 열리자 그 안에 30여 개의 열쇠가 매달린 작은 꾸러미가 나타났다. 선생님은 열쇠를 살짝 뒤적이더니 이내 '24'라고 숫자가 적힌 열쇠 하나를 찾아 민아에게 보여주었다.

"봐봐, 선생님 열쇠는 여기에 잘 있어."

"어어…."

민아는 자신의 열쇠를 가만히 보더니 다급히 다시 말했다.

"그치만, 그치만 혹시 누가 훔쳐 갔다가 쓰고 다시 갖다놓았을 수도 있잖아요? 아니면 누가 열쇠를 복사했을 수도 있고…."

"그러니까 민아는… 곧 죽어도 우리 반에 그렇게까지 악랄한 애가 있다, 이거구나?"

선생님의 목소리에서 짙은 실망감이 묻어나왔다.

"아뇨. 그게 아니라…."

민아가 기어들어 가는 목소리로 말했다.

"어쨌든 제가 넣어놓은 게 진짜 아니거든요…."

"그래. 일단 민아가 넣어놓은 건 아니라고 하자."

선생님이 열쇠를 치우며 대답했다.

"하지만 민아가 아니라면 누가 우유를 넣어놓은 걸까? 어째서? 누구 짐작 가는 친구 있니?"

"솔직히 잘 모르겠어요. 저한테 왜 이러는지도 모르겠고. 그냥 절 괴롭히려는 거 아닐까요?"

민아가 대답했다. 서러움이 차올라 목소리가 약간 울먹였다.

"누구한테 잘못한 적 있다거나, 미움받을 만한 일은 없었고?"

민아는 대답 대신 고개를 저었다.

"솔직히 선생님은 말이야, 민아가 누구한테 괴롭힘 당한다는 걸 상상하기 힘들어. 요즘 같은 모습들도 실감 나질 않고. 민아는 반장인 데다가 우리 반 최고 인기인이잖아."

"요즘은 애들이 절 싫어해요."

"그럴 리가."

선생님이 민아의 눈을 마주 보며 나지막이 말했다.

"어쩌면 요즘 민아가 예전 같지 않아서 그러는 건 아닐까? 만약 그렇다고 해도 민아는 얼굴도 예쁘고 공부도 잘하니까 금방 다시 애들이 좋아할 거야. 어쩌면 민아가 너무 잘나서 누가 민아를 시샘하는 건지도 모르겠다. 선생님은 민아 편이니까 애들이 다시 민아랑 친해지도록 선생님도 도와줄게. 민아를 괴롭히는 사람이 누군지도 같이 찾아보고."

민아가 천천히 고개를 끄덕였다.

"하지만 민아야."

선생님의 목소리가 살짝 딱딱해졌다.

"화장실에 교과서랑 우유를 버린 건 잘못한 일이야. 우유가 잔뜩 든 우유갑을 그냥 쓰레기통에 버리면, 그 쓰레기통을 치워야 할 다른 친구들이 힘들어지잖아. 교과서가 없으면 수업을 들을 수도 없고."

"그렇지만, 냄새가 너무 나서 교실 쓰레기통에 버릴 순 없었어요. 그런 책들을 펴놓고 수업을 들을 수도 없었고요."

"그래. 하지만 일을 처리하기 전에 선생님한테 얘길 할 수도 있었잖아. 그럼 분명 더 좋은 방법이 있었을 거고. 그렇지 않니?"

"그… 저, 잘못했어요…."

"잘못했다고? 아냐. 선생님은 지금 민아를 혼내려는 게 아니야. 단지…."

선생님은 말을 멈춘 채 이마를 매만졌다. 눈을 감고, 화를 삭이듯 숨을 골랐다.

사실 민아의 교과서와 썩은 우유는 학교를 발칵 뒤집어놓은 큰 사건이 되어 있었다. 민아는 단지 그것들의 냄새가 너무 고약했기에 교실 쓰레기통이 아닌 화장실 쓰레기통에 갖다 버렸을 뿐이었는데, 수업이 끝나고 화장실을 청소하던 다른 반 아이들이 자기네 선생님에게 이를 꼬치꼬치 보고하여 일이 커져버린 거였다.

적어도 교과서는 다른 휴지통에 버렸어야 하는데.

민아는 뒤늦게 그렇게 후회했다. 교과서에 눌린 우유갑이 내용물을 질척하게 토해낸 탓에 쓰레기통이 생각보다 더 처참한 상태가 되어버렸기 때문이었다. 그 당시에는 너무 속상하고 화가 나 미처 깨닫지 못했지만, 그렇게 처리가 곤란한 휴지통은 선생님을 불러오기 마련이었다.

담인 선생님은 교무실로 불려가더니 한참을 오지 않았고, 반 친구들 사이에는 선생님이 교감 선생님에게 혼이 나고 있다는 얘기가 돌았다. 민아는 자기가 교과서를 버린 탓에 왜 선생님이 혼을 나야 하는지 명확히 이해할 수 없었지만, 선생님이 곤란에 빠진 만큼 종례가 늦어졌고, 그만큼 민아도 아이들에게 욕을 먹어야 했다.

선생님이 다시 말했다.

"앞으로… 그런 곤란한 일이 생기면 선생님께 먼저 말해주겠니?"

민아가 고개를 끄덕였다.

"그리고 혹시, 선생님이 내일이나 모레 민아네 어머님을 만나뵐 수 있을까?"

"왜요?"

민아가 깜짝 놀라 되물었다.

"왜요라니 그게 무슨…."

선생님은 입술을 깨물며 얼른 말을 멈췄다.

"후, 민아를 혼나게 하려는 게 아니야. 어머님이랑 이야기를 좀 해봐야 할 것 같아서 그래. 못쓰게 된 교과서도 새로 구해야 하잖아."

"선생님, 어어… 저 제발 엄마한테는 모르게 해주시면 안 될까요. 한번만 봐주세요. 교과서는 어떻게든 구해올게요."

민아가 손을 싹싹 빌며 얘기했다. 이 모든 일을 엄마에게 알리고 싶지 않았다. 본인이 잘못한 게 아니란 걸 잘 알고 있지만, 왜인지 엄마에게 혼이 날 것만 같았다. 어떤 얘기가 어떻게 전달될지도 알 수 없었다. 아니 어쩌면, 민아는 본인의 상황이 너무 창피하고 수

치스러운 건지도 몰랐다.

"무슨 소릴 하는 거야. 네가 교과서를 어떻게 구해 오려고?"

선생님이 어이가 없다는 듯 되물었다.

"다시 말하지만, 민아를 혼내거나, 혼나게 하려는 게 아니야."

"선생님, 제발요."

민아는 저도 모르게 눈물이 흘러나왔다.

선생님은 당황스럽게, 얘가 왜 이러나 싶은 표정으로 민아를 바라봤다.

"민아가 안 하면 선생님이 직접 전화를 드릴 수도 있어. 내일까지 어머님께 연락이 안 오면 선생님이 직접 전화드릴거야."

"선생님… 제발요. 제발요….."

민아가 엉엉 울며 애원했다.

선생님은 말을 잇지 못하고 그 모습을 봤다. 사실 민아 본인도 왜 우는지 스스로를 이해할 수 없었다. 그냥 모든 게 다 억울하고 서러웠다. 자꾸만 일이 커지고 꼬여가는 게 너무도 원망스러웠다.

선생님은 한참을 가만히 있었지만 민아를 따로 달래줄 생각은 없는 것 같았다. 선생님은 그저 가만히 기다렸고, 민아의 울음이 사그라들자 눈을 똑바로 마주하며 다시 입을 열었다.

"민아야. 뭐든 그렇게 쉽게 넘어가려고 하면 안 돼. 어머님께는… 내일까지 오시라고 꼭 말씀드려."

선생님이 어느 때보다 단호한 목소리로 못을 박았다.

"오늘 중으로 어떻게 하시겠다 연락이 안 오면, 선생님이 이번 주 중에 직접 찾아뵐 거야. 알았지?"

선규는 뒷 상황이 궁금했던 나머지 복도에 몰래 남아 교실을 엿보았다. 다행히 민아는 창문에서 등을 돌린 채 앉아 있었고, 선생님 또한 온 신경이 민아에게 집중되어 있는 것 같았다. 선생님과는 살짝 눈이 마주친 것도 같았지만 뭐라고 하지 않은 걸 보면 걸리진 않은 게 분명했다. 선규는 아주 조심스럽게, 창문 구석에 눈만 빼꼼히 내놓은 채 교실을 훔쳐봤다.

안쪽에서 선생님의 목소리가 들려왔다.

"누구한테 잘못한 적 있다거나, 미움받을 만한 일은 없었고?"

민아는 대답 대신 고개를 저었다.

'진짜로 저렇게 생각하는 건가?'

선규가 혀를 차며 생각했다.

'재수 없는 년. 저게 진짜라면 쟨 진짜 소름 돋을 정도로 못된 애야.'

선규는 어이가 없어서 손이 다 떨릴 지경이었다. 너 때문에 내가 얼마나 힘들었는지 알아? 너 때문에 얼마나 힘들었는지 아냐고!

선규는 할 수만 있다면 소리라도 지르고 싶었다. 하지만 그럴 수는 없었고, 다행히 그보다 현명하고 깔끔한 방법이 아주 가까이에 있었다.

선규는 핸드폰을 집어 들어 친구들의 이름을 하나하나 누르기 시작했다. 곧 민아만이 참여하지 못한 '반 아이들'의 단체 톡방이 만들어졌다. 선규는 모든 아이들에게 선생님의 질문과 민아의 답변을 제멋대로 편집하여 중계하기 시작했다.

아라는 흐뭇한 얼굴로 핸드폰을 빤히 바라봤다. 단체톡에 쉴 새 없이 민아에 대한 뒷담이 올라오고 있었다. 세상에, 그 서민아가 왕따를 당하는 날이 올 줄이야! 아라는 날아갈 듯 기쁜 마음으로 핸드폰을 움켜잡았다.

— 그러고 보니까 예전에 걔 내 지우개랑 샤프도 빌려가서 안 주던데 왜 안 주느냐고 했더니 걍 개당당하게

잊어버렸다고 함 ㅋㅋ 어이털려갖고

— 헐 미친 거 아니냐?

— 그러고 다시 안 돌려줌?

— ㅇㅇ 안 줬어 미안 그러고 끝임

— 미쳤네

— 그러고 보니 나도 걔한테 500원인가 빌려주고 못
받은 거 있는데

— 아주 상습범인 듯

— 솔까 얼굴 믿고 그러는 거 아니냐?

— 뭐래 넌 그게 이쁘냐?

— <u>오오오오올</u>

— <u>ㅋㅋㅋㅋㅋㅋㅋㅋㅋ 속마음 지리시고</u>

— <u>ㅋㅋㅋ 아예 고백해서 사귀지 그러냐</u>

— <u>꺼저 ㅅㅂ 새끼들아 ——</u>

— <u>ㅋㅋㅋㅋㅋㅋㅋ</u>

핸드폰이 울리고, 핸드폰이 울렸다. 뒷담화가 거품
처럼 불어나 핸드폰 배터리를 뜨겁게 달궜다. 게다가
그 자리에 자신 또한 참여하고 있었다. 민아가 왕따가
되지 않았더라면 아마 아라는 여전히 단체톡에 초대
받지 못했을지도 몰랐다.

아라는 자신이 은근히 따돌림당하고 있었다는 걸,

그 이유가 민아가 자신을 싫어했기 때문이라는 걸 잘 알고 있었다. 항상 알면서도 모르는 척 꿋꿋하게 버티고 있었을 뿐이었다.

다만 언제고 친구라고 생각했던 민아가 왜 자신을 싫어하기 시작했는지 지금도 감조차 오지 않았다. 아니, 의심 가는 일이야 한두 개 있지만, 정말 설마 그것 때문일까 싶었다.

어쨌건 지금 보면 반 친구들이 진심으로 아라를 싫어했던 건 아닌 것 같았다. 그저 민아의 입김이 대단했을 뿐이었다. 정말 눈물 나도록 다행인 일이었고 그거면 충분했다.

아라는 몇 시간이 지나도록 핸드폰에서 눈을 뗄 수가 없었다. 아직 겁이 나서 단체톡에 뭐라 직접 글을 쓸 수는 없었지만, 아라는 핸드폰을 보고 있는 것만으로도 세상을 다 가진 듯 행복했다.

아라로서는 누가 민아를 이렇게까지 몰아붙이고 있는지도, 누가 썩은 우유로 사물함을 테러했는지도 알 수가 없었다. 아침에 먼저 와 있던 애들이 누구였는지 곰곰이 생각도 해보고 그중에서 본인만큼이나 민아를 싫어할 만한 애가 또 누가 있는지 추려도 봤지만 답은 나오지 않았다. 너무 많은 아이들이 떠오른 것도 이유라면 이유였다.

게다가 사물함은 어떻게 연 건지!

아라는 새어 나오는 웃음을 참으려 손으로 입을 틀어막았다. 하기야 그게 누군지도 어떻게 한 것인지도 크게 상관없었다. 아라는 그저 그 '누군가'에게 가지고 있는 모든 것을 주어도 아깝지 않을 만큼 고마울 뿐이었다.

그녀는 민아의 하얀 얼굴이 울상이 되어 구겨질 때마다 말할 수 없는 짜릿함에 몸을 떨었다. 그 가증스러운 얼굴에서 착한 척하는 표정이 사라지고 짜증과 분노의 빛이 보일 때마다 삶이 풍부해지는 느낌이 들 정도였다.

그녀가 판단하는 민아는 희대의 나쁜 아이였다. 예쁜 얼굴에 성격도 좋은 아이였지만 그건 겉모습일 뿐이었다. 심지어 성적과 운동신경마저 좋은 민아는 떠받들어지는 것을, 어른들에게 귀염받는 것을 당연하게 여기는 것 같았다. 실제로 민아는 작년까지만 해도 아이들의 대장이었고 담임 선생님의 사랑을 독차지하다시피 받고 있었다.

쭉 그렇게 살았다 보니 민아는 주변 친구들의 마음

따위는 안중에도 없었다. 자잘한 일도 자신의 의견대로 진행되지 않으면 조금도 견디질 못했고, 가지고 싶은 물건은 빌려서 돌려주질 않았다. 착하고 예쁜 얼굴을 들이밀며 '대여'를 가장했지만, 그것은 뺏는 것과 다름이 없었다. 문제가 될 정도로 고가의 물건이 아니라면 민아는 친구들의 물건을 제 것처럼 이용했다. 심지어 남자아이들이 자신 이외의 다른 여자아이를 좋아하는 것도 이해하지 못하는 데다가, 자기가 좋아하던 남자아이가 다른 여자아이를 좋아한다면 그 둘 다 곤란할 정도로 괴롭혔다. 여기서 더 큰 문제는 민아가 꽤 똑똑한 머리를 가지고 있다는 거였다. 민아는 남을 쉽게 이용하는 데다가 티 나지 않게 무리를 선동하는 법도 알고 있었다.

그녀는 민아의 존재를 알아채자마자 그 핏줄에 악마의 피가 흐르고 있다고 생각했다. 얼마 지나지 않아 민아가 기분 내키는 대로 아이들을 따돌리거나 무리에 받아주고 있다는 것을 확인하고 나자, '생각'은 '확신'이 되었다.

선규도 혜경이도, 아라도 주원이도. 민아의 철없는 감정 기복의 희생양이 되어 힘든 시간들을 보낸 게 확인되었다. 이유는 다양했다. 민아가 가지고 싶었던 아이돌 그룹의 앨범을 먼저 구매했다든지, 자랑만 잔뜩 해놓고 그 앨범 속의 갖가지 부록(아이돌 그룹의 앨범에는 랜덤하게 멤버 한두 명의 사진이 인쇄된 플라스틱 카드 등이 들어 있다)들을 '빌려'주지 않았다든지. 또는 남자애들이 저들끼리 '너 민아 좋아하지?'라며 놀리는 와중에 별 시답지 않은 남자아이가 기겁하며 아니라고 정색했다든지 말이다.

민아는 가증스럽게도 남을 끌어내리고 자신을 내세울 줄 아는, 남을 희화화시키고 자신을 돋보이게 만들 줄 아는 아이였다. 상황이 이렇다 보니 겉보기에는 주변의 모든 아이가 민아를 좋아하는 것 같았으나 조금만 자세히 관찰해본다면 아이들은 대부분 민아의 눈 밖에 나기 싫어서 비위를 맞춰주고 있음을 알 수 있었다. 티를 내지 못했을 뿐 민아를 시기하고 질투하는 아이도 꽤 많이 있었다.

어쩌면 그녀가 민아를 싫어하기 때문에 모든 것이 훨씬 더 고깝고 나쁘게만 보이는 걸 수도 있었다. 하지만 민아가 의도하든 의도하지 않았든, 알고 했든 모르고 했든, 단 한 명의 아이로 인해 주변의 많은 아이들이 힘들게 된다면 사전에 문제를 바로잡는 것이 옳은 일이었다.

그녀는 개운한 표정으로 기지개를 켰다. 그러고는 침대에 누워 내일은 민아를 어떻게 괴롭혀야 할지 진지하게 고민했다.

민아는 침대에서 최대한 뒤척이며 머리를 쥐어뜯었다. 학교에 가고 싶지 않았다. 그런데 그럴 수가 없으니 아침에 눈을 뜨는 것부터가 죽고 싶을 만큼 싫었다. 요즈음 학교는 민아에게 거의 지옥과도 같았다.

썩은 우유 사건으로부터 일주일이 넘게 지났건만 상황은 조금도 나아진 게 없었다. 선생님이 찾아주겠다던 범인은 여전히 누군지 알 수 없었고, 사물함 테러를 한 번 더 당했으며, 민아를 대하는 아이들의 태도 또한 더 나빠졌으면 나빠졌지 좋아질 기미 따위는 보이지 않았다.

민아는 우유의 날 이후 아이들에게 '썩은내'라는 별명으로 불리고 있었다. 대놓고 민아를 부를 때 사용된다기보다는 뒤에서 저희끼리 민아를 놀리며 킥킥거릴 때 쓰이는 별명이었다. 그래, 그만하면 양반이었다. 더 싫은 건 요 며칠 사이 아이들이 지어낸 새로운 별명이었다.

이번에 민아의 사물함엔 바퀴벌레가 들어 있었다. 사물함에서 책을 꺼내려는데 살아 있는 바퀴벌레 한 마리가 재빠르게 튀어나온 것이다. 민아는 기겁하며 펄쩍 뛰었다. 당연히 비명도 질렀다. 그리고 짧은 비명에 아이들의 이목이 집중되는 순간, 바퀴벌레는 우왕좌왕하며 교실을 가로질렀다. 비명이 교실을 휩쓸었다. 반 여자애들의 절반 이상이 의자 위로 올라갔고 남자애들은 소리를 지르며 도망치거나 바퀴벌레를 잡기 위해 한바탕 난리를 피웠다.

아이들은 여기서 거지 같은 영감을 얻었는지 민아를 '벌레녀'라고 부르기 시작했다. 민아가 애완동물로 사물함에서 벌레를 키운다는 거였다. 민아가 울고 있으면 키우던 바퀴벌레가 죽어서 슬퍼서 우는 거라고 놀렸다. 도대체 그게 말이 된다고 생각하는 건지 아이들은 수시로 민아를 놀리며 오늘의 벌레는 무엇이냐고 물어봤다.

사물함의 자물쇠를 바꾸는 것도 소용이 없었다. 우유 사건을 미심쩍게 여긴 선생님이 비싸고 튼튼한 새 자물쇠를 사다준 바로 다음 날, 사물함에 바퀴벌레가 들어 있었던 것이다.

민아는 선생님에게 달려가 누가 바퀴벌레를 넣어놨

다고 얘기했지만, 선생님은 이번에야말로 그럴 리가 없다며 고개를 저었다. 친구들을 자꾸 의심하는 것은 좋지 않다며 되려 꾸중을 들었을 뿐이었다. 바로 어제 새 자물쇠를 걸지 않았냐며, 벌레는 의식하지 못한 새에 저 혼자 들어갔을 수도 있다며 말이다.

물론 그럴 수도 있었다. 하지만 민아는 절대로 그럴 리가 없음을, 누군가 일부러 벌레를 넣어놓은 것임을 확신했다.

그 뒤로 민아는 사물함을 싹 비운 뒤 굳게 잠근 채 한 번도 열지 않았다. 차라리 모든 교과서를 집에 가져다놓고 무겁더라도 매일매일 수업에 맞게 가져오는 것이 나았다. 사물함을 열어볼 때마다 그 안에는 무엇이 있을까 떨고 싶지도, 별명이 더 늘어나는 것도 원치 않았다. 어쩌면 지금의 사물함 속에서 이상한 벌레들이 득실거릴지도 몰랐다.

민아는 아무래도 온 세상에 자기편이 없는 느낌이었다. 민아의 말이라면 껌뻑 죽던 친한 친구들이 모조리 적으로 돌아선 데다가 멍청한 선생님은 도움이 되기는커녕 오히려 민아를 거짓말쟁이라 믿고 있었다. 심지어 믿었던 엄마조차 이 고난을 헤쳐가는 데에는 별 도움이 되지 않았다.

올해 엄마는 어딘가 이상했다. 작년까지만 해도 학교 행사에도 잘 참여하고 학부모회다 뭐다 학교에 수시로 드나들던 엄마였는데, 올해는 유달리 학교에 오는 모습을 보기가 힘들었다. 올해도 민아는 여전히 반장을 꿰차고 있었는데 말이다. 엄마는 늘 '반장 엄마'였다. 2학년부터 줄곧 반장을 해온 민아는, 반장 엄마는 유달리 학교 일에도 많이 참여하고 돈도 많이 써야 한다는 걸 너무나도 잘 알고 있었다. 그런데도 엄마는 올해 유독 학교 일에 소홀했고, 그만큼 담임 선생님과 친하지도 않았다. 어쩌면 선생님이 민아를 믿어주지 않는 게 엄마 탓일지도 몰랐다. 엄마가 학교에 수시로 드나들 때의 선생님들은 민아를 믿어주는 정도가 아니라 확실하게 좋아해줬었다.

엄마는 민아의 상황을 접하고도 별다른 조치를 취하지 않았다. 선생님의 요청대로 엄마에게 학교에 와야 될 것 같다는 이야기를 전했을 때, 엄마는 일이 바쁘다는 핑계를 대며 학교에 직접 가기보다는 선생님과 전화통화 하는 것을 선택했다. 무슨 얘길 하는 건지 통화는 꽤 길게 이어졌지만… 그뿐이었다. 달라진 거라곤 민아에게 새 교과서가 생겼다는 것뿐이었다.

물론 엄마는 '혹시 학교에서 무슨 일이 있느냐, 따

돌림을 당하고 있느냐, 무슨 일이 있는 거면 엄마한테 얘기해달라.' 정도의 질문을 건네기는 했다. 하지만 민아는 도저히 솔직하게 대답할 수가 없었다. 엄마를 걱정시키고 싶지도 않았다. 사실 솔직히 말하자면 괜히 혼날 것 같은 마음에, 창피한 마음에 입을 뗄 수도 없었다. 하기야 엄마가 상황을 안다고, 학교에 달려가 선생님을 만난다고 뭐가 크게 달라질 것 같지도 않았다. 엄마는 어딘가 불안하고 심각한 표정이었지만 굳이 이것저것 캐묻지는 않았다. 괴롭힘을 당하는 게 아니라면 썩은 우유가 왜 사물함에 있었는지에 대한 이야기를 도대체 어떻게 해야 혼나지 않을까 고민하던 민아는 그나마 다행이라고 생각했다.

엄마는 눈은 분명 '하긴 우리 민아가 그럴 리가 없지'라고 말하는 것 같았다. 그래. 민아 스스로도 얼마 전까지는 분명 그렇게 믿고 있었다.

시간은 그 뒤로 더욱 힘들게 흘러갔다. 뒤에서 수군거리던 아이들의 목소리는 더 이상 '수군거림'이 아닐 정도로 커져버렸고 자잘한 괴롭힘도 더욱 자주 일어났다.

엄마와의 통화 이후 민아를 바라보는 선생님의 눈빛도 왜인지 예전보다 탐탁지 않았다.

민아는 최대한 버티고 버티려 애를 썼다. 하지만 아이들의 장난은 제재가 없으면 결국 도를 넘기 마련이었다. 민아가 혼자 버티기에는 너무 슬픈 일들이, 초등학교 6학년생이 감당하기에는 너무 힘든 일이 조금씩 벌어지고 있었다.

3교시 체육 시간. 민아는 운동장에 나가기 위해 터덜터덜 자리에서 일어났다. 반 아이들은 이미 피구 할 생각에 신이 나서 운동장으로 달려가고 있었다. 민아는 삼삼오오 모여 웃고 떠드는 아이들을 부럽다는 듯 보면서도, 그들의 관심이 다른 곳에 쏠려 당장 10분의 쉬는 시간 동안은 크게 괴롭힘당하지 않을 거라는 생각에 깊이 안도했다.

하지만 종목이 하필 피구라니. 피구는 민아 역시 무척 좋아하는 놀이였다. 실력도 꽤 좋았다. 하지만 오늘은 분명 민아가 공격수로 게임에 참가할 일은 없을 터였고 심지어 공을 던져볼 기회조차 없을지도 몰랐다. 그냥 어정쩡한 테두리에 수비수로 서 있다가, 날아오는 공을 제대로 잡지 못하면 욕과 비난을 먹는 시간이 될 게 분명했다.

민아는 씁쓸한 마음으로 운동화를 집어 들었다. 복도를 내려가는 소란스러운 길. 아무도 민아를 신경을 쓰지 않았지만 민아는 아이들의 눈치를 보며 조심조심 건물을 나섰다. 별일 없을 거라 믿으면서도, 한편으론 또 뭔가 불쑥 튀어나와 민아를 괴롭히기 위해 준비하고 있을 것만 같았다.

건물을 나서자 운동장에 딱 알맞게 따사로운 햇볕이 내리쬐고 있었다. 민아는 괜스레 주변을 둘러보고는 실내화를 벗고 운동화에 발을 넣었다.

그리고 다음 순간, 민아는 발끝에서 전해지는 날카로운 감각에 놀라 바닥을 굴렀다. 얼른 신발을 벗어보니 양말 위에 압정 두 개가 박혀 있었다. 아픔보다도 끔찍한 상황 자체에 민아는 말을 잃고 자신의 발을 바라봤다. 이건 해도 너무한 거 아니야? 서러움이 무너지듯 터져 나와 눈가를 순식간에 물들였다. 순간 압정을 뽑아내야 한다는 생각이 들었으나 너무 무서워 발에 손을 댈 수가 없었다.

민아는 눈을 꼭 감고 이내 압정을 하나씩 뽑아내었다. 한 개 한 개가 발에서 빠져나갈 때마다 징그러울 정도로 진하게 느껴지는 감촉에 끔찍할 정도로 온몸에 소름이 돋았다.

민아는 앞을 구분하기 힘들 정도로 눈물을 흘리는 와중에도 신발을 확인했다. 양 신발에 압정이 네다섯

개씩 들어 있었다. 민아는 압정을 털어내 바닥에 집어
던졌다.

압정이 박혔던 자리를 중심으로 양말이 빨갛게 물
들기 시작했다. 핏방울이 조금씩 커지는 것을 보며 민
아는 정말 정말 서럽게 울었다.

그날 점심, 압정 이야기를 들은 민아 엄마가 학교에
찾아왔다. 민아 엄마는 평소와 달리 화가 잔뜩 난 얼
굴로 수업 도중 대뜸 문을 열고 교실에 들이닥쳤다.

"너지? 너 맞지? 네가 그런 거지?"

민아 엄마가 선생님에게 대뜸 물었다.

"지금 나 때문에 일부러 그러는 거지?"

민아는 깜짝 놀라 엄마를 바라봤다. 참다못해 엄마
에게 이야기를 건네고 도움을 구한 건 맞았지만, 이런
식의 등장을 바란 것은 아니었다.

"네?"

선생님은 갑작스러운 상황에 당황하며 민아 엄마에
게 다가갔다.

"어머니, 갑자기 무슨⋯."

"우유 얘기 들을 때도 설마설마했는데, 네년이 문제
인 거 아니냐고! 우리 민아 괴롭히는 거, 너 아니야?"

아이들도 민아도 어리둥절하게 어른들을 바라봤다.

"어머니, 뭔가 오해가 있으신 것 같은데…."

"오해? 네가 일부러 그러는 게 아니면 어떻게 이런 일이 벌어질 수 있어? 어떻게 애새끼들 관리를 그렇게 못해!"

선생님은 양손을 내보인 채 천천히 민아 엄마에게 다가갔다.

"어머니, 일단 진정하세요. 아이들이 보고 있으니 우선 밖으로 나가시죠. 뭐든 나가서 이야기해요. 나가서 잠시만 기다려주세요."

"나가? 나가긴 뭘 나가? 나 때문에 그러는 거냐고, 이 씨발년아!"

민아 엄마가 버럭 소리를 지르며 선생님의 머리채를 휘어잡았다.

뭐야. 엄마, 왜 그러는 거야. 민아는 놀란 나머지 목소리조차 내지 못한 채 동그란 눈으로 앉아 있었다. 얼마나 놀랐는지 딸꾹질마저 튀어나왔다. 아이들도 잔뜩 놀라 당장은 아무 말 없이 상황을 보고 있었지만, 나중에 또 무슨 말을 숙덕거리며 민아를 괴롭힐지 상상조차 하기 싫었다.

선생님이 여전히 머리를 잡힌 채 얼굴이 벌게져 소

리쳤다.

"무슨 소리예요. 예? 일단 진정하세요. 민아 어머니? 민아 어머니!"

민아 엄마는 선생님의 머리를 휘어잡다 못해 쥐어뽑을 듯 잡아 흔들었다. 선생님의 몸이 기우는가 싶더니 머리가 앞쪽 교탁에 세게 부딪혔다. 민아는 그제야 정신을 차리곤 엄마를 말리러 달려 나갔다.

"뭐야! 엄마, 왜 그러는 거야! 엄마! 왜 그래! 엄마!"

"민아야, 가만히 있어봐."

엄마가 민아의 손을 뿌리치며 말했다.

"엄마가 아주 혼을 내줄게. 얘가 범인이야! 너 압정 밟고 그러는 거, 다 얘 때문이라니까?"

선생님은 민아 엄마의 손을 뿌리치려 애를 썼지만 가망이 없어 보였다. 교탁에 부딪힌 이마가 찢어져 핏방울이 뚝뚝 떨어졌다. 선생님이 다급한 얼굴로 아이들에게 소리쳤다.

"얘들아, 옆 반…, 옆 반 선생님한테 도와달라고 얘기 좀 해줄래?"

몇몇 아이들이 재빠르게 일어나는 찰나 이미 뭔가 낌새를 느낀 옆 반 선생님들이 화들짝 놀라 교실에 달려들었다. 민아도 다시 엄마에게 달려들었다. 하지만 민아는, 엄마에게 밀쳐진 선생님에게 부딪쳐 힘없이 자리에 쓰러지고 말았다.

방과 후, 선생님들은 연구실에 모여 이야기를 나누고 있었다.

"와, 진짜 별의별 사람이 다 있네요."

4반의 신입 교사가 어이없다는 듯 말했다.

"어떻게 그럴 수 있죠?"

"어떻게는 무슨. 선생이 만만해 보이니까 그랬겠지."

2반 교사가 울분을 삭이며 대답했다.

"안 선생, 다친 덴 좀 괜찮아?"

"강 선생님에 비하면 괜찮은 편이죠."

4반 교사가 팔을 들어 보이며 대답했다. 손톱에 길게 패인 상처가 연고에 덮여 막 피가 멎은 상태였다.

"진짜 힘이 장난이 아니더라고요. 아까 정 선생님 빨리 안 오셨으면 큰일 날뻔했어요."

"어휴…. 그래도 그만하길 다행이에요. 혹시 모르니까 안쌤도 병원이라도 가봐요."

5반 교사가 끔찍하다는 듯 치를 떨며 말했다.

"대체 뭐 때문에 이런 일이 벌어진 거죠?"

7반 교사가 물었다.

"그 학부모 자녀가 따돌림을 당하고 있었나 봐."

2반 교사가 말했다.

"심지어 오늘은 누가 애 신발에 압정을 넣어놓아서 밟았나보던데."

"압정이오? 세상에. 누가 그런 짓을…."

7반 교사가 눈을 찌푸렸다.

"그야 모르지. 어쨌든 우리 학교에 개새끼가 한 명 있는 건 확실해."

2반 교사가 치를 떨었다.

"근데 그게…, 물론 애 엄마가 들으면 뒤집힐 일인 건 맞지만 강쌤은 무슨 잘못이죠? 애가 따돌림을 당하는 게 우리들 탓은 아니잖아요?"

7반 교사가 살짝 높은 억양으로 물었다.

"맞아요."

5반 교사가 얼른 동의했다.

"최대한 그런 문제가 없도록 막아야 보지만, 애들 하나하나 전부 24시간 내내 붙어 있을 수도 없는 일이고. 언제 누가 어떤 돌발 행동을 할지 알 수도 없잖아요? 사실 따돌림당하는 애들은… 그만한 이유가 있지 않아요? 솔직히 눈에 보이잖아요. 본인이 먼저 미움 살 짓을 한다거나, 자기 관리가 너무 안 되고 더럽다거나, 아니면 너무 소심해서 괴롭히는 아이들한테 대항하질 못한다거나."

"송 선생, 그거 위험한 발언인 거 알지?"

가만히 앉아 있던 1반 교사가 말했다.

"알죠. 근데 뭐 어때요. 우리끼리 있는데. 애나 학부모들은 인정하기 싫겠지만 틀린 말은 아니잖아요? 게다가 피는 못 속인다고, 오늘 보니 그런 느낌으로 가정교육을 받았으면, 민아라는 애도 어딘가 문제가 있을 수 있다고 봐요."

"나도 인정이야. 하지만, 밖에선 말조심하는 게 좋아."

1반 교사가 말했다.

"교사가 그런 말 했다는 게 새어 나가면 큰일 날 수도 있다고."

"아유."

5반 교사가 과장되게 어깨를 으쓱했다.

"당연히 조심하죠."

"근데 꼭 다 그런 건 아니죠."

6반 교사가 말했다.

"가끔 보면 별 이유 없이, 아니면 되게 사소한 이유로 타겟을 정하는 경우도 있지 않아요? 그리고 당하는 애들 중에는… 분명 용기가 없다기보다는 혼자서 상대를 이길 수가 없어서, 그래서 계속 당하는 애들도 있겠죠. 괴롭히는 애들은 분명 싸움도 좀 하고 잘나가는 애들일 거 아니에요. 일진? 뭐 그런 애들."

"사실 일진 애들은 오히려 조용한 편이지. 그 밑에 어중간한 애들이 더 문제야."

2반 교사가 말했다.

"뭐가 어찌 됐든, 누구랑 친하게 지내고 누가 맘에 안 들고는 아이들 마음이겠지만, 작정하고 사람 괴롭히는 건 못된 짓이에요."

6반 교사의 말을 끝으로 연구실에는 잠시 동안 침묵이 돌았다. 5반 교사가 팔짱을 낀 채 다시 말했다.

"전 어쨌든 그 사람 맘에 안 들어요. 학부모가 벼슬이에요? 무식해가지고는… 솔직히 그렇게까지 해야 했을 일이에요?"

"솔직히 그건 동의해요."

6반 교사가 말했다.

"와, 정말 사람은 겪어봐야 안다는 게… 생각도 못 했어요. 작년에 제가 민아 담임이었잖아요. 그때도 애가 반장이라 애 엄마도 학부모회장이랍시고 학교에 뻔질나게 드나들었었어요. 근데 그때는, 그냥 콧대가 좀 높다 싶긴 해도 이렇게까지 막 나가는 사람은 아니었거든요."

"사람은 겉만 봐선 모르는 거야."

2반 교사가 속이 나쁜지 가슴을 두드리며 말했다.

"근데, 민아가 왕따를 당했다는 게 사실이에요?"

6반 교사가 인상을 찡그리며 다시 물었다.

"솔직히, 누굴 괴롭히면 괴롭혔지 왕따당할 애는 아니었던 것 같은데요."

"왜 저번에 화장실에서 나온 우유 묻은 교과서, 그것도 민아 거였잖아요."

4반 교사가 얼른 말했다.

7반 교사가 손을 들었다.

"어… 근데 듣기론 그 학부모가 '자기 때문에 딸을 괴롭히는 거냐'느니 강쌤이 일부러 애를 괴롭히는 거냐느니 했다던데 그건 무슨 소리예요?"

"강 선생이? 그건 무슨 소리야?"

1반 교사가 물었다.

"모르겠어요."

4반 교사가 말했다. 4반 교사는 강 선생을 도우려고 가장 먼저 3반에 뛰어들었었다.

"그런 말을 하긴 했는데 워낙 맥락 없이 소리치다

보니까 알 수가 없죠. 강쌤도 도저히 모르겠다는 눈치고."

"혹시 그런 거 아닐까요?"

6반 교사가 말했다.

"강 선생님은 워낙 정직하신 분이니까… 왜 학부모들이 갖다주는 선물 같은 거 다 돌려보내시잖아요. 민아 엄마는 학기마다 뭐든 챙겨오시는 분이거든요."

"하긴 그런 거 고깝게 보는 학부모도 꽤 있긴 하지."

1반 교사가 말했다.

"괜히 애 잘못되면 선생 핑계나 대고 말이야."

"그럼 강 선생님이 제대로 안 챙겨줘서 이렇게 됐다고… 그 난리를 친 거란 말이에요?"

4반 교사가 깜짝 놀라 되물었다.

"모르지. 그리고 그게 뭐가 중요해. 원래 미친놈들 속은 알 수가 없는 거야."

2반 교사가 혀를 찼다.

"방금 문득 든 생각인데요."

7반 교사가 말했다.

"그 민아라는 애 이번에도 반장이라고 그랬죠? 2학년 때부터 쭉 반장이었다고. 그럼 원래 따돌림을 당할 만한 포지션은 아니지 않아요? 게다가 강 선생님은 왕따 문제에 엄청 예민한 분이고요. 그런 문제에 엄청 신경을 많이 쓰는 분이라, 여태 문제였던 아이들도 강 선생님 반에 배정되면 다 잘 해결되곤 했었잖아요."

"맞아. 훌륭한 선생님이지."

1반 교사가 말했다.

"이번 학기 처음 시작할 때는 원래 아라였나? 3반에선 걔가 문제였던 걸로 기억하는데, 걘 지금 문제없이 학교 잘 다니잖아."

"근데 어쩌다 일이 이렇게 된 거죠?"

7반 교사가 선생님들을 둘러보며 의미심장하게 물었다.

"어쩌면요. 강 선생님을 엿먹이려는 애가 있는 거 아닐까요?"

"누가 말이야?"

2반 교사가 물었다.

"어떤 애가 강 선생을? 강 선생 애들한테 인기 좋은 건 알고 있어?"

"예, 예. 알지요."

7반 교사가 양 손바닥을 내보이며 얼른 말했다.

"그냥 말해보는 거예요. 어쨌든 압정 테러한 범인은 잡아야 하잖아요."

"말이 쉽지."

1반 교사가 말했다.

"주동자가 따로 있다면, 누군진 몰라도 그 강 선생이 못 잡을 정도로 영악한 놈이야. 애들도 쉬쉬하는 것 같고. 아예 한 명이 아닐 수도 있고."

"아니면 혹시…."

7반 교사가 침을 삼켰다.

"그 민아라는 애가 범인인 거 아니에요?"

"자작극이라고?"

1반 교사가 되물었다.

"그렇잖아요. 애도 똑똑하고 선생님도 왕따 문제라면 도가 트신 분인데. 예전 선생님들만큼 자길 예뻐해 주지 않으니까 앙심을 품었을 수도 있죠. 그리고 지난번에 그 우유? 그거 사물함에서 나왔다면서요. 자물쇠로 잠가놓고 다니면 본인 아니면 누가 우유를 넣을 수 있죠?"

"어허, 박 선생 너무 갔어."

1반 교사가 인상을 쓰며 손을 내저었다.

"그걸 말이라고."

"왜 저번에 유치원 꼬마가 선생님한테 성추행당했다고 거짓말해서 발칵 뒤집혔던 적 있었잖아요."

7반 교사가 심각하게 말했다.

"동기도 그냥 '선생님이 싫어서'였고. 요즘 애들 생각보다 무서워요."

"설마 선생님이 싫다고 일부러 따돌림당하고 압정까지 밟겠어요?"

6반 교사가 물었다.

"왜요. 게다가 압정 건은 얘기만 들은 거지 본 사람은 없잖아요."

5반 교사가 고개를 끄덕였다.

"에이. 뭐가 남는다고 그렇게까지…."

6반 교사 고개를 저으며 말을 흐렸다.

이번엔 7반 교사가 얼른 질문했다.

"그럼 다른 애들은 뭐가 남는다고 남을 왕따시키는 거죠?"

"그야…."

6반 교사는 말을 멈추고 한참을 고민했다. 그러고는 잠시 후 착잡한 목소리로 대답했다.

"본인들이 재밌으니까요?"

순간 연구실에 어색한 침묵이 찾아왔다. 잠시 눈을 굴리던 4반 교사가 조심스레 손을 들었다.

"저어… 그럼 이제 강 선생님은 어떻게 되는 거예요?"

"어떻게 하긴, 일단 고소해야지. 교권침해도 정도껏 이지."

2반 교사가 인상을 쓰고 대답했다.

"고소하면요?"

"뭐긴, 쥐꼬리만 한 합의금이 나오겠지. 이마까지 찢어졌잖아."

"하지만 그게 끝이에요?"

4반 교사가 되물었다.

"혹시 아이가 진짜 따돌림을 당하고 있던 거면, 문제가 있는 것 아니에요?"

"문제는 무슨. 아까도 말했지만 그게 강쌤 잘못은 아니잖아요."

5반 교사가 말했다.

"일이 이렇게 커졌으니 사실이 어떻든 징계는 받을지도 몰라."

1반 교사가 덧붙었다.

"아니, 아마 받겠지. 어쨌건 학폭위도 소집될 테니까."

"강 선생만 불쌍하게 된 거지 뭐."

2반 교사가 안타깝다는 듯 말했다.

"똥을 밟아도 너무 크게 밟았어. 이제 곧 퇴근 시간이니까 병문안이라도 같이 가보자고."

종이 울리고, 지옥 같던 쉬는 시간이 끝이 났다. 쉬는 시간 내내 얻어맞은 뒤통수가 얼얼했다. 그래도 이제 45분간은 마음껏 쉴 수 있었다. 현정은 내심 안심하며 책을 챙겨 터벅터벅 자리로 돌아갔다.

뒤에선 킥킥거리는 소리가 끊이질 않았다. 또 등에 이상한 쪽지라도 붙여놓은 걸까. 상관없었다. 이미 그런 장난은 체념한 지 오래였다.

'마음껏 웃으라지. 날 그냥 내버려두기만 해줘.'

현정이 생각했다.

아니, 아이들은 현정을 내버려둘 수밖에 없을 것이다. 곧 선생님이 들어올 터였다. 선생님이 대뜸 '오늘은 자습해라' 같은 끔찍한 말만 남기고 떠나지 않는다면 수업시간 45분은 온전히 현정의 시간이었다.

하지만 현정은 곧 뭔가 끔찍이도 잘못되었다는 것을 깨달았다. 자리에 앉는 순간 엉덩이에서 여러 개의 주삿바늘이 찌르는 듯한 고통을 느꼈기 때문이었다. 깜짝 놀라 악! 소리를 지르며 자리에서 일어났다.

뒤를 돌아보자 엉덩이에 압정 네 개가 박혀 있는 게 보였다. 현정은 너무 놀라서 말도 안 나오는 데, 아이들은 뭐가 그리 재밌는지 사방에서 킥킥거렸다.

현정은 압정을 뽑아내려 벌벌 떨리는 손을 엉덩이에 가져다 대었다. 그러자 뒷자리에 앉아 있던 예진이 현정의 손을 탁 쳐내며 말했다.

"그냥 앉아."

현정은 눈알이 동그래져 예진을 바라봤다.

"그냥 앉으라고, 시발년아."

예진이 킥킥거리며 말했다.

"말귀 못 알아 처먹냐? 그냥 앉으라고!"

말도 안 된다는 생각이 가장 먼저 들었지만, 현정은 예진의 말을 거부할 수가 없었다. 지금 여기서 말을 듣지 않았다간 다음 쉬는 시간은 더 끔찍한 지옥이 될 게 분명했다. 마음 같아선 압정을 뽑아서 예진에게 집어 던지고 싶었지만, 그랬다간 엉덩이가 아니라 눈알에 압정이 박히게 될지도 모를 일이었다. 현정이 우물쭈물하자 예진이 뒤에서 현정의 의자를 세게 걷어 찼다.

"앉으라고, 씨발년아."

현정은 의자에 무릎 뒤쪽을 가격당해 '털썩!' 자리에 주저앉았다. 미처 박히지 않았던 압정이 새로 박힌 건지, 이미 박혀 있던 압정들이 더 깊게 박혀버린 건지 날카로운 통증이 온몸을 관통하듯 올라왔다.

"한 시간만 버텨봐. 그럼 빼게 해줄게."

예진이 장난스럽게 얘기했다.

현정을 도와주는 친구는 아무도 없었다. 정도가 너무 심하다고 생각하는 아이들은 더러 있는 것 같았지만. 아무도 예진에게, 그것도 현정을 위해서 대들어줄 생각은 없어 보였다.

"알았어?"

예진이 다시 물었다.

현정은 눈물을 꾹 참아내며 가까스로 고개를 끄덕였다. 그와 동시에 교실 앞문이 열리고 선생님이 들어왔다. 이제는 정말 압정을 빼낼 수가 없었다. 차라리 피라도 줄줄 흐르면 좋으련만, 그래서 선생님이 알아차려주면 좋으련만, 생각보다 피는 많이 나지 않았고, 선생님도 교탁에서 벗어나질 않는 분이었다.

현정의 뒤에서 예진이 끔찍하게 맑은 목소리로 낮게 속삭였다.

"티 내지 마라. 티 내면 뒤져, 진짜."

숨이 막혔다. 정말 죽을 것처럼 숨이 막혔다. 가슴이 압박당하는 느낌에 손가락조차 꼼짝할 수가 없었다. 그러고는,

＊

현정은 찍소리도 내지 못한 채 잠에서 깨어났다.

헉. 헉. 정말 숨을 쉬지 못했던 건지 가쁜 숨이 몰아 쉬어졌다. 현정은 아닌 것을 알면서도 더듬더듬 엉덩이를 만져봤다. 압정은 없었다. 하지만 왜인지 엉덩이는 압정에 찔린 것처럼 소름 끼치는 고통을 느끼며 계속 움찔거리고 있었다.

압정을 깔고 앉는 꿈이라니. 오랜만이네.

현정이 생각했다. 아직도 거의 매일 밤 악몽을 꾸지만, 정말 압정에 관련된 꿈을 꾼 것은 오랜만이었다. 어쩌면 오늘 아침 현정이 압정으로 사람을 괴롭히고자 마음먹었고, 심지어 실행에 성공했기 때문인지도 몰랐다.

꿈은 끔찍했지만 후회가 되진 않았다.

덕분에 예진이 오늘 학교에 찾아오지 않았던가. 그러고는 그렇게나 개쪽을 당하고 돌아가다니!

난 이제 예전의 강현정이 아니야.

현정은 새어 나오는 웃음을 주체할 수가 없었다. 예진은 결국 자기 딸이 따돌림당한다는 걸 인정하기 시작했고, 그 원인이 본인 때문은 아닌지, 자신의 학창시

절 때문은 아닌지 조금씩 의심하고 있었다.

우유와 압정에 날 의심하다니. 꼴에 날 어떻게 괴롭혔는지 기억은 하고 있나 보지? 애써 모른 척하더니 내가 누군지 알아봤었나 보지? 정말이지 이런 일이 있을까 봐, 너희를 다시 보게 될까 봐 일부러 이렇게나 먼 지역에 발령을 받은 건데. 하필이면 널 만나게 될 줄이야.

현정은 순간순간 떠오르는 예전 기억들에 흠칫하면서도 애써 숨을 고르며 다시 자리에 누웠다. 오늘 낮 예진에게 붙잡혔던 머릿가죽과 발로 차인 옆구리가 괜스레 욱신거렸다. 찢어진 이마도 날카롭게 화끈거렸다. 솔직히 몇 번이고 전화로 속을 긁었다지만 이렇게 갑자기 찾아와 무식하게 손을 휘두를 거라곤 생각지도 못한 일이었다.

'하여간 그 더러운 성격은 여전히 못 버렸구나.'

현정은 머리채를 잡히는 순간 그렇게 생각했다. 하지만 머리를 붙잡힌 채 온몸을 흔들리면서, 현정은 예진에게 좀 더 큰 엿을 먹일 좋은 기회가 왔다는 걸 깨달았다. 사실 교탁에 부딪혀 찢어진 이마는 현정이 일부러 만든 거라 봐도 무방했다.

이 타상들은 아프다기보다는 기분 좋은 두근거림

이었다. 이건 증거도 증인도 확실한 상처였다. 어릴 때 당하던 상처들과는 차원이 달랐다. 이건 앞으로 예진을 법적으로 괴롭히는 데에 좋은 무기가 될 터였다. 현정 스스로도 일이 이렇게까지 멋지게 풀리리라곤 생각지도 못했었다.

사실 현정은 학기 초부터 자신의 반에 예진의 딸이 있다는 것을 알고 있었다. 학부모 상담에 나타난 예진의 얼굴을, 못 알아보려야 못 알아볼 수가 없었기 때문이다.

예진과의 재회는 너무 갑작스럽게 찾아왔다. 마음의 준비를 할 시간도 없었다. 민아의 생활기록부에서 '서예진'이란 이름을 보기야 했었지만, 지역도 고향에서 한참 먼데다가 작정하고 일찍 결혼한 게 아니라면 동갑내기에게 6학년짜리 딸이 있으리라곤 생각도 못 했기 때문이었다. 그저 동명이인이겠거니 했던 서예진을 만나는 순간 현정의 심장이 덜컥 주저앉았다. 아주 잠시였지만 몸이 뻣뻣하게 굳어 움직이지도 않았다. 어쩌면 그 순간 몸이 아니라 마음이 굳어버렸는지도 몰랐다.

다만 맞은 놈은 기억해도 때린 놈은 기억 못 한다고 했던가. 예진은 딱히 현정을 알아보는 것 같지도 않왔다. 너무 세월이 지나버린 탓일까? 예진은 밝고 예의 바른 엄마의 모습으로 연신 '선생님, 선생님'을 외치며 현정을 대했다.

그래. 어쩌면 현정이 코도 살짝 올리고 쌍꺼풀 수술도 했기 때문일 수도 있었다. 얼굴을 뒤덮었던 여드름이 사라졌기 때문인지도 몰랐다. 살도 많이 뺀 데다가 옷도 훨씬 깨끗하게 입고 번듯하게 서 있기 때문일 수도 있었다. 학창 시절의 쭈구리를 생각하면 현정은 몰라보게 달라져 있었다.

그게 아니면… 딱히 아는 척을 하고 싶지 않을 수도 있었겠지. 엄청 껄끄러울 게 뻔하니까.

그것도 아니면, '강현정'이라는 존재 자체를 싸그리 잊고 살던 건 아닐까?

어릴 때 가지고 놀던 장난감 한두 개는 기억도 나지 않는 것처럼 말이야.

현정은 그날 이후로 수업에 나가는 게 너무 괴로웠다. 민아가 어떤 행동을 할 때마다 예진이 겹쳐 보이고, 학창 시절의 트라우마가 하나씩 떠올랐다.

그렇다고 현정이 학기 초부터 작정하고 민아를 괴롭히려던 것은 아니었다. 많은 고민이 있었지만 처음엔 정말 아니었다. 사실 민아는 예진의 배에서 나왔다

는 게 믿어지지 않을 정도로 예쁘고 똑똑한 학생이
었다. 현정 또한 자신이 겪었던 어린 시절의 불상사를
다른 아이들에게 되풀이시키지 않겠다는 포부로 교사
를 지원한 사람이었다. 현정은 본인이 악몽의 씨앗이
되고 싶지는 않았다. 아이한테는 죄가 없다고 생각했
다. 현정은 민아를 공평하게 대하려 노력했고 한 달가
량은 그렇게 평화로운 교실이 유지되었다.

딱 한 달이었다. 피는 못 속인다고 그랬던가, 한 달
이 지나가자 현정에 눈에 민아의 본모습이 보이기 시
작했다. 예쁘고 공부도 잘하고 반장까지 하는 민아였
지만 알게 모르게 아이들을 조종하고 있음을, 본인이
싫어하는 아이들은 주도적으로 따돌리고 괴롭히고 있
음을 알게 된 거였다. 예진 때문에 편견을 갖고 아이를
판단한 게 아니었다. 현정의 반에는 아라라는 아이가
은근히 따돌림을 당하고 있었는데, 그 아이를 따돌리
게 만드는 주요 인물이 바로 민아였다.

민아의 모습에선 문득문득, 하지만 확실히 예진의
모습이 엿보였다. 그 악마 같은 모습이 가면 뒤에 숨어
있었다. 나이를 먹고 보니 고작 초등학교 6학년생의
가면을 꿰뚫고 그 가증스러운 모습을 확인하기는 그
리 어려운 일이 아니었다.

민아는 확실히 예진의 자식이었다. 아직은 예진만큼 쓰레기는 아니었지만, 곧 쓰레기가 될 거라는 확신이 들었다. 아니다. 아직은 좀 덜 더럽고 조금 덜 냄새나는 쓰레기일 뿐 쓰레기는 쓰레기였다. 그런 생각이 들자 현정은 다른 아이들을 위해서라도 이 작은 악마의 날개를 꺾어내야겠다고 생각했다. 솔직히, 정말 솔직히 예진에게 복수하고 싶은 마음도 없지 않았다.

민아를 아이들에게서 떼어놓는 것은 생각보다 쉬운 일이었다. 현정은 이미 '왕따 전문'의 11년 차 베테랑 교사였다. 티 나지 않게 아이들을 선동하고 조종하는 것은 밥 먹는 것만큼이나 간단했다. 아주 조금씩 민아에게 핀잔을 주고, 칭찬을 해주지 않고, 잘못했다고 지적하고, 놀림감이 될 만한 사건을 만들고, 거짓말쟁이로 몰아가면 그만이었다.

현정은 내일은 또 어떻게 민아를 괴롭힐까 고민했다. 어릴 적 예진이 자신에게 행했던 수많은 일이 떠올랐지만, 몰래몰래 민아를 괴롭혀야 하는 현정의 특성상 직접 할 수 있는 일은 많지 않았다.

'뭔가 특정한 도구를 사용하는 괴롭힘이면 좋겠는데. 이번에도 예진이가 기겁하며 옛날 일을 떠올릴 수 있게 말이야.'

현정은 저 혼자 고개를 끄덕였다. 그러면 예진이 조금은 '그때 잘못했다'는 생각을 할 수도 있을 것만 같았다.

압정 다음으로 무서웠던 기억이라.

현정은 머릿속에 가득한 리스트를 차근차근 훑어내렸다. 아직 해보았던 목록보다 당했던 목록이 수백 배는 더 많았다.

아!

현정은 문득 예진이 과학실에서 묽은 염산 한 병을 훔쳐 와 현정의 코 앞에 들이댔던 모습이 떠올랐다. 조금만 마셔보라며, 마시면 오늘은 괴롭히지 않겠다며 병을 건네던 그 징그러운 웃음도 떠올랐다. 현정은 당연히 염산을 마실 순 없었다. 하지만 예진은 그걸 뻔히 알면서도 현정이 말을 듣지 않는다며 신나게 엉덩이를 걷어찼다. 정말 사이코도 그런 사이코가 없었다. 돌이켜보면 민아는 그나마 현정에게 걸린 걸 다행으로 생각해야 할 지경이었다.

그래, 염산.

현정이 웃었다. 네 엄마는 그걸 나한테 먹이려고 했단다. 지금 생각해보면 내가 그날 온종일 처맞으면서도 그걸 안 먹은 게 신기할 정도란 말이지. 정말 죽고 싶은 나날들이었는데, 콱 먹고 죽어버리면, 예진에게 크게 엿을 먹일 수도 있지 않을까 유혹에 넘어가기 직전이었단 말이야.

사실 당시에는 정말 염산을 마셔버리면 어땠을까 후회했던 적도 한두 번이 아니었다. 물론 사람이 죽으려면 묽은 염산 정도로는 부족하다는 걸 모를 때여서, 본인의 생각에 소름을 돋우며 눈물을 흘리곤 했었다.

현정은 딱히 민아에게 염산을 먹을지 말지 선택권을 주고 싶은 생각은 없었다. 염산을 안 먹는다고 직접 때릴 수는 없는 노릇이고, 먹인다고 애가 바로 죽어버리는 것도 아니니 말이다.

어떻게 하면 걸리지 않고 염산을 먹여볼 수 있지?

아니, 꼭 '묽은' 염산일 필요 있나?

에이. 나도 참. 아무리 그래도 그 정도까진 아니지. 현정은 스스로 생각해도 어이가 없어 피식 웃었다. 너무 극단적이었다.

아직은 아니야. 벌써 죽여버릴 순 없지. 마지막으로 남겨두자. 애가 전학을 가든 졸업을 하든, 그전에만 하면 돼.

아직 시간은 충분했다. 현정은 한밤중의 새까만 천장을 빤히 바라보다가, 기쁜 마음으로 눈을 감았다.

산사로 9-4번지에
어서오세요

✦ 2020년 환상문학웹진 거울 대표중단편선 《누나 노릇》(아작) 수록

박성아는 볼수록 꺼림칙한 여자였다. 길고 긴 검은 생머리가 바람에 휘날릴 때는 더더욱 그랬는데 그 사이로 희끗희끗한 눈매가 꼭 산 사람의 것이 아닌 것만 같았다. 확실히, 촬영하러 다니며 무수한 역술가를 만나봤지만 저런 눈매는 처음이었다.

　'어쩌면 이 빌어먹을 장소 때문인지도 모르지.'

　영준은 고개를 저으며 얼굴을 쓸어내렸다.

　대낮에 본 2층짜리 단독주택은 조금 클 뿐 별다를 것 없는 오래된 폐건물이었다. 적당히 으슥한 곳에, 그렇다고 너무 깊지는 않은 산 중턱에 자리 잡은. 깨진 유리창과 썩어가는 바닥재, 어질러진 물건과 먼지 곰팡이가 어우러진 그저 그런 장소일 뿐이었다. 하지만 건물은 날이 어두워질수록 묘한 분위기를 풍기기 시작하더니, 이제는 그들을 바라보며 입맛을 다시는 것만 같았다.

'왜 그런 생각이 들지?'

그답지 않은 일이었다. 찜찜한 공기가 폐에 들어차 속이 거북한 것 같았다.

영준은 주택 앞에 우거진 덩굴식물 옆에서 촬영감독과 담배를 피웠다. 영준과 달리 촬영감독은 여느 때와 다름없이 태연한 모습이었다. 그래 다 기분 탓인 거지. 연기가 핏줄을 타고 돌자 기분도 한결 나아졌고 속도 조금 진정되었다. 두뇌도 이성을 찾았는지 생각도 차분하게 가라앉았다. 냉정하게 생각해보면 겁먹을 이유는 전혀 없었다. 세상에 귀신 같은 건 없으니까. 지난 몇 년간 수많은 폐가를 찾아다녔으나 제대로 된 심령현상 한번 본 적이 없었다.

그리고 이렇게 불안했던 적도.

왜지? 다른 일행들은 아무런 동요도 없어 보였다. 정 작가는 여전히 동떨어진 곳에서 뭔가를 끄적이며 자기 일에 열중하고 있었고, 일반인 참여자로 동행한 미스터리 클럽의 두 여자는 웃음 섞인 목소리로 저희끼리 뭔가를 속닥이고 있었다. 건물은 아무 탈 없이 눈앞에 서 있을 뿐이었다.

"신 PD님. 슬슬 들어갈 때 되지 않았나요?"

아름이 다가와 영준에게 물었다.

아름은 조금 작은 키에 시청자들이 좋아할 만한 외모를 가진 프로그램의 단골 참여자였다. 무슨 이유에선지 한동안 연락이 안 된다 싶더니, 이번엔 고맙게도 미혜라는 예쁘장한 지인까지 데려온 참이었다.

눈빛을 보니 이 아가씨들은 건물 안에서 뭔가 대단한 일이 벌어지길 기대하는 것 같았다. 꼭 무서운 놀이기구 앞에서 기다리는, 이제 막 자신의 차례가 거의 다다가온 듯한 표정이었다. 영준은 마지못해 되물었다.

"그렇죠? 이제 12시쯤 되었나요?"

초여름 밤. 보랏빛이 진해지다 못해 검게 내린 밤하늘은 촬영하기에도 적당해 보이긴 했다.

"그래요. 준비들 되셨으면 슬슬 들어가볼까요?"

영준이 담뱃불을 짓밟아 끄며 모두에게 들리도록 약간 크게 말했다.

촬영이 시작됐다. 긴 머리의 역술가와 미스터리 클럽의 두 여자가 카메라 앞에 서고 영준과 정 작가는 두세 걸음 떨어져 뒤를 따랐다. 세 여자가 폐가를 향해 천천히 걸어갔다. 깨진 창문들이 그들을 응시하는 가운데 길쭉하게 벌어진 현관문이 여자들을 차례로 집 어삼켰다.

하나. 하나. 하나.

남자들도 천천히 건물 안으로 들어갔다. 부서진 가 구와 더러운 유리조각, 먼지, 싱크대. 그리고 사람들. 모든 게 어둠 속에 뒤섞였다.

촬영감독이 역술가와 참여자들의 얼굴을 클로즈업 했다가 다시 주변을 찍기 위해 이곳저곳을 돌아다녔 다. 깨진 창문으로 서늘해진 밤바람이 스며들고 여기 저기 흩어진 물건들이 카메라의 약한 조명을 받아 일 렁이는 그림자를 만들었다. 그들을 지켜보는 것만 같 은 꼭 얼굴 같은 그림자였다.

"영 찝찝하구만."

영준은 자기도 모르게 말이 튀어나왔다.

박성아가 못마땅한 표정으로 그를 흘겨봤다. 그러 곤 영준에게 뭔가를 말하려다가, 이내 한숨을 쉬고는 촬영감독과 사방을 돌아다니며 손을 휘저었다. 어지 러운 물건들도, 벽지와 내장재가 떨어져 나간 흉측한 벽과 천장들도 모두 그대로였지만 건물은 대낮보다 훨 씬 커 보였다. 천장의 모서리는 끝을 모르게 검어서 정말 뭐가 튀어나올 것만 같았다.

하기야, 뭐가 튀어나오려면 이만한 곳도 없었다. 신빙성 없는 뜬소문일 뿐이지만 이웃 주민들 모두 말하기를, 한 가족은 이곳에서 단체로 목을 매달았고, 또 한 가족은 가장이 부인과 두 자녀를 도끼로 찍어 죽이곤 스스로의 입에 칼을 쑤셔 박았다고 했다. 적어도 주민들은 모두 그렇게 믿고 있었다. 공식적으로 그런 기록은 전혀 찾을 수가 없었음에도. 모두가 이곳을 귀신들린 집이라고 대답했다.

영준은 말도 안 된다고 생각했다. 귀신 같은 건 몇 년 전 프로그램을 막 시작하던 애송이 적에나 믿고 찾아 헤매던 것이었다.

"여기에서 사람들이 많이 죽었나요?"

영준이 의례적으로 물었다.

"예, 한 스무 명 정도?"

박성아가 대답했다.

"아니, 서른 명은 되겠네요. 어쩌면 더 많을 수도 있어요."

"그렇게 많습니까?"

"장소에 얽매인 영들은 언제나 외롭습니다."

박성아가 여전히 주변을 훑어보며 대수롭지 않게 말했다.

200

"그래서 항상 친구들을 불러 모으죠. 하나. 하나. 하나. 그렇게 길을 잃은 사람이나 생전의 지인들을 꼬여내서 죽이는 겁니다. 우리도 PD님 덕에 굳이 여기까지 찾아오게 되었으니, 어쩌면 여기에 PD님의 지인분이 있을지도 모르겠네요."

썩 유쾌한 얘기는 아니었다. 영준은 지인 이야기에서 살짝 인상을 찌푸렸지만 차분하게 질문을 이었다.

"그렇다면 시신은 다 어디 있을까요? 최소 서른이라면 정부에서 방관하고 있을 숫자는 아닌데요."

"글쎄요."

박성아가 초점 없는 눈으로 영준을 바라보며 약간 올라간 입꼬리로 대답했다.

"이 집이 잡아먹는다고 표현하면 어떨까요? 흔적도 남기지 않고 깔끔하게요."

영준은 순간 역술가의 눈이 굉장히 인공적이라는 느낌이 들었다. 성형 따위의 것이 아니라 정말 사람의 눈이 아닌 것 같은 모양새였다. 광신도나 미치광이의 눈과도 조금 달랐는데, 백화점 명품관의 마네킹이 꼭 저런 눈이었다.

박성아는 묘한 미소를 지으며 앞으로 걸어가 한참이나 주변을 살폈다. 일행은 그 뒤를 조심스럽게 따라

갔다. 별다른 문제는 없었다. 그저… 점심에 봤던 난장판이 어둠 속에 반쯤 가려져 더 불길하고, 더 꺼림칙하게 보였을 뿐이었다. 하지만 부엌에 다다르자, 박성아가 갑자기 발을 멈추고 손을 뻗어 일행을 제지했다.

"이쪽으론 가면 안 되겠군요."

박성아는 싱크대 쪽을 응시하며 말했다.

"아이가 있네요. 남자아이인데 우릴 보고 있어요. 나이는 많아 봐야 초등학교 2학년 정도."

모두의 시선이 싱크대에 꽂혔다. 낮에 본 것과 똑같은 별 볼 일 없는 구식 싱크대였다. 굳이 다른 점을 찾으라면, 그 안쪽에서 희미하게 물 떨어지는 소리가 들려온다는 것 정도였다. 하지만 물이라니? 영준이 의아해하면서 귀를 기울였다. 낮에는 물은커녕 먼지 한 톨도 내뿜지 못하던 싱크대였다.

미스터리 클럽의 두 여자도 비슷한 생각을 하는지 호흡을 줄이고 서로를 바라봤다. 둘 다 몸이 경직된 게 눈에 보일 정도였다. 그러던 중 아름이 소스라치게 놀라며 싱크대를 가리켜 물었다.

"저거 칼 아니에요?"

싱크대 안쪽에 확실히 카메라의 조명을 반사하는 금속 물체가 있었다.

"그렇네요."

영준이 정신을 차리고는 낮게 대답했다.

"낮에도 저게 있었어요?"

아름이 다시 물었다.

영준이 뭔가 대답을 하려는 찰나 박성아가 고개를 저으며 자신의 입으로 손가락을 가져다 대었다. 조용히 하라는 뜻이었다. 그리고 싱크대를 가만히 응시하더니 일행 쪽으로 한 걸음을 물러나 작게 말했다.

"이만 다른 곳을 둘러보죠."

"왜죠? 뭔가 있는 건가요?"

영준이 물었다.

그러자 박성아는 눈을 흘기며 무뚝뚝하게 대답할 뿐이었다.

"나중에 말하죠."

영준은 묻고 싶은 것이 잔뜩 있었지만 불친절한 박성아의 표정과 태도에 말문이 턱 막혔다. 솔직히 그는 너무 어이가 없어서 한마디 내뱉으려 허 하고 숨을 삼켰다. 그러고는 입을 열려는 찰나,

쨍강!

하고 오른쪽에서 뭔가 둔탁하게 깨지는 소리가 들려왔다.

그는 말하려던 것도 잊고 깜짝 놀라 주위를 살폈다. 오른쪽의 까만 공간 너머에 살짝 열려 있는 방문이 보였다. 소리는 그쪽에서 들린 것 같았다. 자박거리는 작은 소리도, 누군가 깨진 조각을 밟고 다가오는 소리도 들리는 것 같았다. 소리가 소름을 돋아내며 영준의 등을 쓸어 올렸다.

하지만 문제는 그게 아니었다. 소리 난 쪽을 바라보는 사람이 아무도 없다는 것이었다. 어라? 영준은 눈치를 살피며 이마를 매만졌다. 일행들은 아무 일도 없다는 듯 촬영을 계속 진행하고 있었다. 자박거리는 소리도 언제 그랬냐는 듯 사라졌다. 뭐지? 영준의 이마에 식은땀이 맺혔다. 뭘 잘못 들은 건가? 그걸? 아니야. 소리는 선명했었다.

일행은 박성아의 안내를 따라 거실을 가로지르고 있었다. 영준은 머뭇거리며 그 뒤를 따랐다.

'정말 아무도 못 들었다고?'

이상했다. 영준은 이 공간과 상황 자체에 미묘한 이질감을 느끼기 시작하며 바쁘게 눈동자를 굴렸다. 부엌, 거실, 화장실, 크고 작은 세 개의 방. 먼지 끼고 곰팡이가 핀 금이 간 콘크리트들. 정확하게 표현할 수는 없지만 모든 게 낮과는 사뭇 다른 느낌으로 꿈틀거리고 있었다.

예민하고 비뚤어진 시각으로 사방을 살피자니 주위를 떠도는 공기도 어딘지 조금 기괴해진 기분이었다. 먼지와 곰팡내 사이로 이상한 냄새들도 조금씩 스며드는 것 같았다. 그건 마치, 비릿한 물비린내와 풀냄새 사이에 살짝 숨은 피 냄새 같은 것이었다. 신입 시절 멋모르고 촬영하러 다닐 때의 긴장감 같은 것. 몇 년 동안 내로라하는 폐건물들을 돌아다녔지만 이런 기분이 드는 퍽 건 오랜만이었다. 귀가 예민해지자 사각거리는 정 작가의 볼펜 소리마저 선명하게 들려왔다.

"민호 씨, 이렇게 어두운데 뭐가 보입니까?"

영준이 괜스레 정 작가에게 물었다.

"그럭저럭요. 엉망이더라도 나중에 알아볼 수는 있겠지요."

정 작가가 감흥 없이 대답했다.

영준은 그가 노트와 펜을 구분하는 것도 신기할 지경이었지만 떨떠름하게 고개를 끄덕였다. 정 작가는 놀라울 정도로 흔들림 없이 글을 쓰고 있었다. 솔직히 말하자면 너무 평온하게 글자들을 적어내는 나머지, 그 모습마저 소름 끼치도록 수상할 정도였다.

'아니야, 작가가 글을 쓰고 있는 게 뭐가 수상한 일

이야?'

영준이 얼굴을 쓸어내리며 스스로를 다독였다.

한번 이상한 생각이 들자 끝이 없었다. 일행 모두가 멀쩡히 자기 할 일을 하고 있는데 왜 혼자만 묘한 기분에 휩싸이는지 알 수가 없었다. 영준은 슬슬 이곳에서 벗어나고 싶어졌다. 이 공간에 가득한 묘한 불안감이, 몇 년 동안 사라졌던 두려움을 마음 깊숙한 곳에서 끌어내려 꿈틀대는 것 같았다.

박성아는 어느덧 1층의 모든 장소를 살펴보곤 계단을 오르고 있었다.

"최대한 빨리 둘러보고 나가도록 하죠."

박성아의 말에 영준은 무심코 고개를 끄덕였다. 여태 역술가에게서 들어본 말 중 제일 맘에 드는 말이었다. 촬영 분량을 생각하면 귀신을 부르는 의식이라든지, 기계를 들고 이상한 주파수를 찾아낸다든지 해야할 일이 산더미였지만 그런 건 이미 영준에게 중요하지 않았다.

당장에라도 부서질 듯 삐걱거리는 나무 계단을 뚫고 도착한 2층은, 낮에 보았듯 작은 거실 하나와 방 두개가 전부인 비교적 좁은 공간이었다. 바닥이 다 썩은 스펀지처럼 푹푹 꺼지는 느낌이어서 그들은 조심스럽

게 발을 옮겼다. 싸한 바람 소리에 창문이 덜컹거리는
게 꼭 웃음소리 같았다. 영준의 불안함을 아는지 모르
는지 박성아는 거리낌 없이 좌측 방으로 다가갔다. 그
러고는 천천히 문을 열었다.

이번엔 역술가도 살짝 당황한 듯 움직임이 버벅거
렸다. 방 안엔 갖가지 벌레들이 우글거리고 있었는데,
쥐와 비슷한 작은 동물들의 사체도 잔뜩 널려 있었다.
개미와 벌레들이 잔뜩 꼬여 있는 바람에 실제로 그게
쥐였는지는 알아보기가 어려웠다. 카메라의 조명이 비
췄는데도 벌레들은 신경조차 쓰지도 않고 제 할 일을
할 뿐이었다. 미스터리 클럽의 두 여자는 비명이 튀어
나오는 입을 양손으로 틀어막은 채 튀어나올 것처럼
번들거리는 눈으로 벌레들을 바라봤다. 아마 영준의
눈도 비슷했을 터였다. 낮에는 이곳에, 동물의 사체 따
위는 하나도 없었다.

영준은 애써 평정을 유지하고 촬영을 이끌었다. 하
지만 박성아가 두 번째 방문을 열었을 때는 그도 어쩔
수 없었다.

목 매달린 여자.

그것이 두 번째 방 한가운데에서 시계추처럼 바람
살에 흔들리고 있었다.

영준은 소리를 지르며 바닥에 주저앉았다. 칼에 찢긴 건지 여자의 배가 길게 갈라져 피와 내장을 쏟아내고 있었다. 온몸은 물론 바닥도 피로 흥건히 젖었고, 가슴에 닿을 정도로 길게 뽑힌 여자의 혀에서도 붉은 핏방울이 뚝뚝 떨어졌다. 좌우로 흔들거리던 여자의 몸이 점점 더 세게 흔들렸다. 그러다가 그 목에 걸린 밧줄이 툭 하고 끊어져 여자의 시신이 바닥에 떨어졌다.

여자가 고개를 들고, 눈을 마주 보고, 그를 향해 빠른 속도로 기어오기 시작했다.

"으아아악!"

"왜 그래요! PD님! PD님!"

아름이 영준의 어깨를 흔들며 소리쳤다.

영준이 번뜩 정신을 차리고 주위를 둘러보았다. 목매달린 여자는 없었다. 두 번째 방의 천장 한가운데에, 원래대로라면 조명이 있어야 할 자리에 전선이 길게 늘어져 있을 뿐이었다. 방 한구석에 낮에 없던 밧줄 더미가 놓여 있긴 했지만….

"이만 내려가죠."

영준이 떨리는 목소리로 말했다.

"그만 나가서 카메라에 뭐 특별히 찍힌 거라도 있나 확인해봅시다."

모두가 영준을 이상한 눈으로 보고 있었다. 겁에 질린 눈. 당황스러운 눈. 박성아만이 태연한 눈으로 그를 바라보며 고개를 끄덕였다. 두 번째 방에 발을 들이는 사람은 아무도 없었고, 다들 그가 뭘 본 건지조차 알고 싶어 하지 않는 눈치로 서둘러 계단을 내려갔다.

계단이 전보다 더 삐걱대는 탓에 꼭 그들을 잡아먹을 것 같았다. 와르르 무너져서 심연 깊숙한 곳까지. 덜컥. 아니나 다를까 영준이 조심스럽게 발을 디디는 사이, 앞서가던 아름의 발밑에서 계단 하나가 부서졌다. 나무가 특유의 비명을 지르며 아름을 집어삼켰다. 아름은 너무 놀라 헉 소리만 냈을 뿐 비명조차 지르지 못했다. 아름의 다리 한쪽이 아예 계단 밑으로 파묻혔는데, 반바지를 입은 탓에 부러진 나뭇조각에 파이고 찢겨 새빨갛게 변해 있었다.

미혜가 놀라 울먹이며 아름을 부축했다. 상황이 상황인 만큼 영준도 카메라 앞으로 내려가 아름을 끌어올렸다. 계단이 부서질 듯이 흔들리는 바람에 작업은 쉽지 않았다. 신경을 곤두세운 몇 분여의 사투 끝에 아름은 가까스로 계단을 빠져나올 수 있지만, 상태는 매우 좋지 않았다. 아름이 신음 소리를 냈다.

"지혈도 지혈이지만 가시가 많이 박힌 것 같은데 얼

른 나가서 치료부터 하죠. 차에 구급용품이 있습니다."

영준이 말했다.

"죄송해요."

아름은 다리를 절뚝이며 정신없는 와중에도 그렇게 말했다.

"응급처치로 될 만한 문제가 아닌 것 같은데요. 나가면 병원으로 바로 가죠."

촬영감독조차 아름의 다리를 살펴보며 심각한 표정으로 말했다.

모두가 최대한 조심하며 계단을 벗어나느라 진이 빠진 모습이었다. 이제는 촬영감독도, 미스터리 클럽의 두 여자도 빨리 이 집을 벗어나고 싶은 눈치였다. 몇 걸음 앞에 현관문이 있었다.

그런데 그때, 싱크대 쪽에서 갑작스레 물소리가 들려왔다. 그것도 괴성을 지르며 싱크대를 때리는 격렬한 물소리였다.

모두가 걸음을 멈추고 부엌을 바라봤다. 수도꼭지에서 폭포수처럼 물이 쏟아지고 있었다. 숨소리조차 들리지 않는 정적 속에서 물소리가 홀로 저택을 채웠다. 누군가의 입에서 뜻 모를 신음이 새어 나왔다.

"빨리 나가죠."

누군가가 말했다. 어쩌면 모두가 그렇게 말하고 있었는지도 몰랐다. 확인할 겨를이 없었다. 발아래에서도 우지직 하고 묵직한 소리가 들려왔기 때문이었다. 젠장 맞게 불길한 소리에 모두가 말을 잇지 못한 채 서로의 눈치를 살폈다.

눈에 긴장이 떠오르고, 아차 하는 순간,

비명 지를 새도 없이 바닥이 무너져 내렸다.

사람들이 뒤엉켜 돌무더기와 함께 추락했다. 순간적으로 사고가 정지되어 모든 게 현실 같지가 않았다. 영준은 지면에 패대기쳐져 엄청난 고통이 찾아온 뒤에야, 그 고통이 조금 물러가준 뒤에야 가까스로 상황을 인식할 수 있었다. 그가 신음을 흘리자 누군가 힘겹게 물었다.

"다들 괜찮아요?"

촬영감독이었다.

"대답들 좀 해봐요."

어둠 속에서 미혜와 정 작가의 희미한 대답이 들려왔다.

"저도… 괜찮아요."

영준이 대답했다.

그는 땅을 짚고 몸을 일으키려 애쓰면서 스스로의

몸을 확인했다. 등의 통증 때문에 숨쉬기가 곤란할 정
도였지만 뼈가 부러지진 않은 것 같았다. 머리를 다치
지 않은 것만도 다행이었다. 그가 이마를 지그시 누르
며 다시 말했다.

"아름 씨랑 다른 분들은요?"

대답은 없었다.

"아름 씨? 박성아 씨!"

영준이 간신히 몸을 일으켜 재차 이름을 불렀다.

"젠장…, 감독님 조명 좀 켜주실 수 있나요?"

"카메라는 그럭저럭 돌아가는데 조명은 나갔어요.
떨어질 때 깨진 것 같습니다."

촬영감독이 대답했다.

영준은 재빨리 핸드폰을 꺼냈다. 액정은 아작났으
나 플래시 기능을 사용하기에는 문제가 없었다. 불을
비추자 주변의 공간이 윤곽을 드러냈는데, 그들은 위
로 기어 올라가기엔 너무 깊은, 지하 땅굴처럼 보이는
좁은 통로에 떨어져 있었다. 길고 좁고 컴컴한 공간.
사람들. 코를 찌르는 썩은내. 그렇게 한참을 상황을 살
피는데 뒤쪽에서 박성아의 목소리가 들렸다.

"저… 여기 있어요."

"괜찮아요?"

"그럭저럭요."

박성아가 잔뜩 갈라지는 목소리로 대답했다. 어디를 다친 건지 음색이 약간 정상이 아니었다.

영준은 섬뜩한 느낌에 불빛을 비춰 박성아의 상태를 확인했다. 역술가는 생각보다 가까운 곳에서 고개를 푹 숙인 채 실없는 웃음을 뱉고 있었다. 기다란 머리카락이 축 늘어져 갈피를 못 잡고 흔들리는게 보였다.

"박성아 씨?"

뭔가 이상했다. 미혜도 촬영감독도 얼빠진 얼굴로 박성아를 바라봤다. 역술가는 이제 좌우로 기우뚱거리며 몸을 흔들었다. 천천히. 박성아의 머리카락도 몸을 따라 움직였다.

"박성아 씨 괜찮아요?"

영준이 다가가 박성아의 어깨를 흔들며 물었다. 손에 한가득 뜨겁고 질척한 느낌이 스며들었다. 피였다.

영준이 놀라 손을 떼는 찰나 박성아의 머리가 힘없이 툭 하고 꺾여 떨어졌다. 아니. 아예 떨어지진 않고 뒤집힌 머리가 목 아래에 매달려 대롱거렸다. 아예 머리가 떨어져버린 것보다 더 좋지 않았다. 핏기없는 새하얀 얼굴이 비릿하게 웃고 있었다. 그러고는 그 눈동자가 움직이더니, 정확하게 영준과 눈을 맞췄다.

"이런, 젠장!"

촬영감독이 거의 반사적으로 박성아를 향해 카메라를 집어 던지며 소리쳤다.

미혜도 잔뜩 얼어붙어 비명을 내질렀다. 본인이 무엇을 하고 있는지 의식조차 못 하는 것 같았다. 영준과 촬영감독은 거의 본능적으로 미혜를 잡아채듯 일으켜 무작정 뒤로 달려갔다. 미혜도 그제야 그들을 따라 도망치기 시작했다. 반쯤 울면서 비명을 지르는 미혜의 목소리 사이로 자꾸만 박성아의 찢어진 웃음소리가 들려왔다.

어떤 용도로 사용하던 장소였는지 길은 끝도 없이 이어졌다. 옆으로 돌아가는 길도 없고 갈라지는 길도 없었다. 조금만 생각해보면 말도 안 되게 이상한 장소였지만, 모두가 주위를 돌아볼 여유 따위는 가지고 있질 못했다. 역술가의 웃음소리가 계속 가까이에서 들리는 것만 같아 뒤는커녕 좌우도 돌아볼 수도 없었다.

그들은 미혜가 지쳐 토하기 직전이 돼서야 달리기를 멈추고 벽을 짚었다. 촬영감독이 거칠게 숨을 몰아쉬며 깊은 신음을 토했다. 이제 보니 그도 다리를 다쳤는지 걸음이 불안정했는데, 오른쪽 바지가 허벅지부터 절여지다시피 피에 젖어 있었다. 미혜는 아예 바닥에 주저앉아 우는 소리를 냈다.

"그게 뭐였죠? 대체 그게 뭐냐고요!"

미혜가 소리쳤다.

"지금도 따라오고 있는 거 아니에요? 네? 우리 나갈 수 있는 거예요?"

"방금 우리가 뭐 잘못 본 건 아니었죠?"

촬영감독이 떨리는 목소리로 물었다. 잔뜩 찡그린 표정을 보아 무리해서 달린 다리의 고통이 대단한 것 같았다.

"확실히 봤어요!"

미혜가 울먹이며 말했다.

"확실히 봤다고요! 살려줘요, PD님. 제가 잘못했어요. 네? 그만해요. 여기서 내보내줘요. 여기서 내보내줘요!"

"진정해요, 미혜 씨. 미혜 씨!"

영준이 냉정함을 유지하려 애쓰며 미혜를 잡아 흔들었다. 하지만 그의 목소리도 무서워 떨리기는 마찬가지였다.

"우리…, 우리 다 같이 살 방법을 찾아봐요. 분명 방법이 있을 거예요. 방법이…."

"그런데… 도대체 정 작가님이랑 아름 씨는 어떻게

된 거죠?"

촬영감독이 물었다.

"그러고 보면 추락한 뒤로 아름 씨를 본 적이 없어
요. 정 작가님은 처음에 괜찮다고 대답은 했던 것 같
은데…."

"그만해요. 그만!"

미혜가 손으로 귀를 막고 작게 소리쳤다. 그리고 몇
번이고 같은 말을 반복하더니 이내 울음을 터트렸다.

"미안해, 아름아…. 미안해…."

영준은 미혜가 무슨 생각을 하는지 알 것 같았다.
아름도 정 작가도 구하러 가기엔, 그 행방을 찾으러 가
기엔 너무 늦어버렸다는 생각. 영준은 어쩌면 이곳에
있는 자신들도 이미 늦어버린 건 아닌가 싶었다.

실낱같은 희망으로 핸드폰을 확인해봤지만 신호가
잡히지 않았다. 사람 드문 시골 산중에서 지하에까지
갇혔으니 어찌 보면 당연한 일이었다. 핸드폰의 배터리
도 얼마 남지 않았다. 미혜도 촬영감독도 핸드폰이야
한 대씩 있겠지만, 이 알량한 불빛이 그들의 시야를 언
제까지 지킬 수 있을지는 너무도 뻔한 일이었다. 어둠
이 사방에서 조여 오는 기분이었다. 다리는 맥이 풀려
휘청거렸고 가슴은 벌렁거리다 못해 터질 것만 같았다.

"어쩌면 구조대가 올지도 몰라요…."

영준이 넋을 놓고 중얼거렸다.

"여기 온 사람이 여섯이나 돼요. 연락이 안 되면 누군가 경찰이든 어디든 연락을 할 거고… 결국은 우리를 찾아낼 겁니다. 며칠 정도만 버티면…."

"며칠이라고요?"

미혜가 말을 끊었다.

"며칠? 여기서요?"

"그러면 길이 어디까지 이어지는지 알아볼까요?"

촬영감독이 조심스레 물었다.

"이런 땅굴이 있다는 건 어쨌거나 출구나 목적지가 있다는 거 아니겠습니까."

"하지만 출구가 없으면요?"

미혜가 되물었다.

"나가는 길이 반대쪽에 있으면요? 그리고 구조대가 진짜 온다면 저쪽에서 멀어지면 멀어질수록…."

미혜는 거기까지만 말하고 흠칫 놀라며 말을 멈췄다. 웬 아이 하나가 녹슨 식칼을 들고 뒤쪽에 서 있었다. 멀지 않은 뒤쪽에. 그들이 지나온 길 가운데에서 아이가 묘한 표정으로 웃고 있었다. 아이의 어깨너머로 스며드는 어둠 속에는 희미하게 박성아의 얼굴도 떠 있었다.

영준이 깜짝 놀라 플래시를 들이밀자 아이는 온데 간데없이 사라져버렸다. 그래, 아이는 없었다. 역술가도 없었다. 하지만 아무도 굳이 말하지 않았지만, 셋 모두 같은 장면을 본 것 같았다.

"일단 움직여보죠."

영준이 급히 말했다.

모두가 말없이 서둘러 길을 재촉했다. 계속, 계속. 이따금 뒤에서 들려오는 웃음소리가 그들을 계속 몰아붙여 걸음을 멈출 수가 없었다. 차박거리는 발소리와 벽을 긁는 장난스러운 금속 소리도 들려왔다. 그들은 반쯤 얼어붙어 계속 걸어갔다. 하지만 출구가 나오지는 않을 것 같았다. 길은 갈수록 좁고 음침하게 변해갔고, 공기도 점점 탁해졌다. 출구와 점점 멀어지는 증거들이, 뭔가 잘못됐다는 증거들이 온몸을 통해 느껴졌다.

귀신에게 홀린다는 게 이런 건가 싶었다. 한참을 걸어도 길은 끝날 기미가 보이지 않았고, 가면 갈수록 머리는 신경 쇠약이라도 걸린 듯 지끈거렸다. 영준은 이마를 부여잡고 비틀거렸다. 괴리감과 이질감이 도처에 널려 있어 이 상황 자체를 이성적으로 받아들일 수가 없었다.

이 터널이 끝나기는 하는 것인지, 뒤에 따라오는 것들이 사람이기는 한 것인지, 아니, 실제로 뭔가가 따라오고 있기는 한 것인지. 여기서 살아서 나갈 수 있을 것인지….

수많은 의문과 질문들이 얽히고설켜 머릿속을 헤집었다. 그러다 문득, 영준은 생각지도 못했던 의문에 저도 모르게 걸음을 멈췄다.

'그러고 보니… 왜 우리뿐이지?'

싸하게, 날카로운 무언가가 등을 훑고 지나가는 느낌이었다. 영준은 얼어붙은 듯 제자리에 서서 빠르게 눈을 굴렸다. 미혜, 촬영감독, 그리고 사라진 아름과, 역술가, 정 작가. 고작 다섯이라니? 아차 싶었다. 그의 촬영팀은… 애초에 수가 많은 건 아닐지라도 이렇게까지 소규모는 아니었다. 영준은 그제야 시작부터 뭔가가 크게 잘못됐었다는 걸 깨달았다. 그는 오늘 내내, 작가들은 물론 조명 담당도 오디오 담당도, 수년을 함께해온 그 많은 스태프 중 촬영감독을 제외한 누구의 얼굴도 본 기억이 없었다. 젠장. 영준의 눈빛이 불안하게 흔들렸다. 심지어 같이 다니던 '정 작가'라는 남자는 그의 촬영팀도 아니었다. 대체 누구지? 뭣 때문에 우리랑 같이? 어떻게 이걸 이제야 눈치챌 수 있지? 그리고… '아름'이라고?

"아아…."

영준은 다리에 힘이 풀려 옅은 신음과 함께 자리에 주저앉았다.

털썩 하는 소리 탓인지, 아니면 다른 낌새 탓인지 미혜와 촬영감독이 동시에 뒤를 돌아봤다. 좀 전까지만 해도 우는 소리를 내던 미혜와 촬영감독이, 정말 기괴한 표정으로 웃고 있었다.

*

방송국이 영준과 촬영감독의 실종으로 난리가 난 것은 바로 다음 날이었다. 중요한 촬영이 잡혀 있는 날이었는데 출발 시간이 한참 지나도록 도무지 둘이 나타나질 않았던 것이다. 연락이 안 되는 것은 물론이고, 어딜 간다든지, 무슨 일이 있다든지 둘 중 한 명의 소식조차 아는 사람이 없었다.

이상한 일이었다. 영준이나 촬영감독 모두 업무를 팽개치거나 말도 없이 시간을 어기는 사람이 아니었다. 두 사람은 몇 시간이 지나도록 연락 한 통이 없었고, 사방으로 수소문해보았지만 가족들조차 둘의 행방을 알지 못했다.

어디서 시작됐는지 사람들 사이에선 이상한 소문이 돌기 시작했다. 일종의 괴담이었는데, 그날이 '아름'이라는 출연자가 촬영 도중 돌연 실종된 지 꼭 한 달이 되는 날이기 때문이었다. 영준과 아름 사이에 모종의 관계가 있었다느니, 아름이 사라진 이유가 사실은 영준 때문이라느니, 촬영감독도 같이 연루되었다느니, 알 수 없는 뜬소문들이 방송국을 떠다녔다.

가족들의 불안감에 실종 신고가 접수된 것은 그날 저녁이었다. 하루. 이틀. 경찰은 한참의 수사 끝에야 외딴 시골의 산 중턱에서 두 사람의 흔적을 발견했다. 인적이 드물다 못해 오로지 나무와, 흙, 수많은 덩굴 식물만이 가득한 곳에 그들의 촬영차량이 덩그러니 버려져 있었다.

운전석과 탑승칸의 문은 활짝 열려 있고 차 키는 그대로 꽂혀 있는 상태였다. 경찰들은 왜 차가 이곳에 버려져 있는지, 영준과 촬영감독은 왜 이곳까지 와서 어디로 사라졌는지 도저히 감을 잡을 수 없었다. 금품 갈취를 위한 납치부터 인신매매, 원한관계에 의한 보복성 범죄까지 여러 가능성을 염두에 두었지만 무엇 하나 이렇다 할 증거나 정황조차 나타나지 않았다. 그게 전부였다. 경찰들은 인력을 동원해 차량 발견 지점을 중심으로 주변을 샅샅이 수색했지만 더 이상 손톱만 한 증거조차 발견하지 못했다.

수사가 미궁에 빠져갈 무렵 멀리 떨어진 지역에서 다급한 신고 하나가 접수되었다. 강변에 올라온 퉁퉁 불어버린 시체 한 구, 바로 영준의 소식이었다.

그로부터 약 한 달 후. 인터넷은 이례적일 정도로 귀신 이야기에 들썩이고 있었다. 정말 많은 사람이 괴담을 주고받고 떠들었다. 그들의 입에 가장 많이 오르내리는 괴담은, 단연코 촬영 나간 PD는 변사체로 발견되고 카메라맨은 실종됐다는 산사로 9-4번지에 관한 것이었다.

사람들을 사로잡은 건 인터넷에 유출된 두 개의 파일이었다. 소설과 동영상. 출처를 도무지 알 수 없어서, 사람들은 이 파일들의 제작자와 유출경로에 관해서도 의견이 분분했다. 네티즌 사이에서는 사망자의 의도적인 제작과 경찰이나 유가족의 유출설이 가장 유력하게 떠올랐지만 사실 전부 말도 안 되는 소리 같았다. 그건 경찰이나 유가족은 고사하고 제정신 박힌 사람이라면 유포할 만한 내용이 아니었다. 게다가 사망자가 직접 제작했다니, 귀신에라도 쓰이지 않고서야 그렇게 정신 나간 짓이 가능했을까? 물론 진실을 아는 사람이 없으니 정답은 어디에도 없었다. 실제로 경찰은 파일의 추가 확산을 막기 위해 애를 먹는 상황이었고, 유출자를 찾아내고자 이를 갈고 있기도 했다. 어쨌든 가장 큰 문제는 파일들이 필요 이상으로 사람들의 흥미를 유발시킨다는 거였다.

박성아는 볼수록 꺼림칙한 여자였다. 길고 긴 검은 생머리가 바람에 휘날릴 때는 더더욱 그랬는데….

소설은 이렇게 시작했다. 내용은 딱 그저 그런 공포 소설 정도였다. 문제는 소설과 전혀 어울리지 않는 동영상이었다.

그건 치직거리며 푸른 산속을 비추는 화면 한가운데에, 영준이 몇 시간이고 멍청하게 서 있는 영상이었다. 벌건 대낮에, 영준은 뜨거운 햇볕을 받으며 그냥 그대로 서 있었다. 아주 가끔 최면이라도 걸린 듯 중얼거리며 좌우로 흔들리거나 멍청한 표정의 초점 없는 눈을 들어 하늘을 보는 게 영준이 하는 행동의 전부였다.

화면은 그 알 수 없는 모습 속에서 몇 시간이나 지

속됐다. 그러다가, 화면 속의 그가 갑자기 커다란 돌덩이를 집어 들고 카메라를 향해 다가왔다. 퍽 하는 소리와 함께 카메라가 바닥에 떨어졌다. 퍽…. 퍽…. 퍽…. 소리는 딱 세 번 더 울렸다. 피에 젖은 돌덩이를 들고서도 영준은 끝끝내 멍청한 표정이었다. 그가 머리가 함몰된 카메라맨의 시신을 끌고 산속으로 사라지는 장면이 나오고, 곧이어 다시 다가와 카메라를 집어 드는 장면이 나왔다. 영상은 거기서 끝이 났다.

영준과 카메라맨의 행동은 소름 돋을 정도로 정상이 아니었다.

사람들은 이 자극적인 영상에 개미 떼처럼 달려들었다. 경찰이 별의별 수를 써보았지만 동영상의 파급력은 대단했고, 대다수의 사람들은 어떻게든 동영상을 구해보고는 저희끼리 쑥떡이며 뜬소문을 내뱉었다. 온갖 억측 사이에는 조작이네 거짓말이네 하는 얘기들도 많이 있었다. 글쎄, 사실 우리는, 사람들이 뭐라고 얘기하던 상관없었다. 결론은 그저 우리가 원하는 대로, 어딘지도 모르는 산사로 9-4번지를 찾기 위해 밤길을 헤매는 사람이 많아졌다는 거니까. 그러니 부디 당신도 우리의 영상을 찾아보길 권한다.

행복부동산

✦ 2019년 〈3시 40분〉으로 《괴이, 도시_에덴아파트》(괴이학회) 수록

딩 동.

또다시 초인종 소리가 들려오고, 민호는 깜짝 놀라 숨까지 멈춘 채 현관문을 바라봤다. 검고 차가운 현관문도 기다렸다는 듯 그를 마주했다. 이번엔 뭐지? 알 수 없었다. 아니, 도저히 생각을 정리할 수가 없었다. 치지직거리는 TV 소리가 저 스스로 커졌다가 작아졌다를 반복하며 그를 혼란스럽게 만들었다. 민호가 아무것도 하지 못하고 그대로 굳어 있자, 이제 소리는 딩동, 딩동딩동딩동 하고 마치 화가 난 듯, 쉼 없이, 요란하게 울려댔다.

등 뒤로 식은땀이 흐르는 게 느껴졌다. 그를 말려

죽이려는 게 분명했다. 지치지 않고 이어지는 초인종 소리에 심장이 터질 듯 두근거렸다. 좋지 않은 신호였다. 게다가 이번에는 꿈이나 가위 따위가 아니라… 진짜였다.

민호는 혹시나 제멋대로 소리를 질러대는 TV 때문에, 또는 몇 분이고 쿵쾅거리는 크고 작은 소리 때문에 이웃 사람이 달려온 건 아닐까 생각했다. 오, 제발. 민호는 눈을 감고 신에게 빌었다. 뻔히 아닐 걸 알면서도, 제발 그랬으면 하고 말이다.

민호는 살금살금 현관문으로 다가갔다. 그 '혹시'에 미련을 버리지 못한 탓이었다. 그는 천천히, 아주 조심스레 경직된 몸을 움직여 걸음을 옮겼다. 뻣뻣한 다리가 힘겹게 문을 향해 나아갔다. 미약하게 남은 이성이 소리쳤다.

이웃 주민이라니? 그런 정상적인 상황이 가능했다면 왜 아직도 TV가 제멋대로 움직이고 있단 말인가? 정말 사람이 찾아온 거라면 "저기요, 옆집인데요." 따위의 소리가 함께 들리지 않았을까?

민호는 애써 이성을 외면하며 고개를 저었다. 하지만 이성의 외침을 증명이라도 하는 것일까, 그가 현관문 근처에 다다르자,

초인종 소리는 기다렸다는 듯 뚝 끊겨 사라졌다.

갑자기 찾아온 정적에 민호는 숨을 고르며 귀를 곤두세웠다. 어느새 어지러운 TV의 소음과 어디서 나는지 모를 웅웅거리는 바람 소리까지 흔적 없이 사라져 있었다. 그리고 문밖에서는, 정말 미세한 인기척조차 들리지 않았다.

현관문 가운데에 뚫린 외시경이 그를 비웃듯이 바라봤다. 고작 몇 걸음 떨어져 있을 뿐인데 저 작고 까만 렌즈 뒤에 무엇이 있는지 짐작조차 할 수가 없었다.

민호는 마른침을 삼키며 외시경에 눈을 들이밀었다. 외시경 너머엔 까만 어둠만이 자리하고 있었다. 뭔가 움직임이 있나 눈을 부릅뜨고 앞을 살폈지만, 문 뒤의 어둠은 정말 한 치 앞도 구분하기 힘들 정도로 짙고 음산했다.

'아무것도 없어. 아무것도 없다고.'

안도와 실망이 뒤섞인 깊은 한숨이 저도 모르게 튀어나왔다. 하지만 외시경에서 눈을 떼려는 그 찰나, 민호는 자신을 마주하고 있는 핏발선 하얀 눈동자를 똑똑히 볼 수 있었다.

"으악!"

민호가 소리를 질렀다. 그건 사람의 눈동자가 아니

었다. 풀린 다리가 펄쩍 뛰며 뒷걸음질을 치다가 어질

러진 신발들을 밟고 꼬여 넘어졌다. 저게 뭐지? 대체

저게 뭐지?

쾅!

문이 부서질 듯 흔들렸다.

누군가가, 어쩌면 문밖의 괴상한 '그것'이 쾅쾅거리

며 연신 문을 두들기고 있었다.

민호는 헐레벌떡 기어 현관문과 거리를 벌렸다. 등

에서 시작된 소름이 온몸을 휘감으며 솟아올랐다.

하지만 집 안으로 기어든다 한들, 그를 위한 공간은

그 어디에도 존재하지 않았다. 그가 할 수 있는 최선의

행동이라곤 안방 구석에 몸을 숨기는 게 고작이었다.

그리고 다리를 웅크려 안고 주저앉은 채, 귀를 틀어막

는 것뿐이었다.

민호가 방을 구하기 위해 월영시에 찾아온 것은 2월

중순의 겨울이었다. 언론보도에 따르면 '20여 년 만에

찾아온 기록적인 한파' 속에서, 발목이 빠지도록 눈이

쌓인 거리를 헤매며 온 동네 부동산을 직접 방문하고

있었다. 늦은 제대와 늦은 복학 결심이 만들어낸 뒤늦

은 발버둥이었다.

먼 지방에서 사는 것이 죄라면 죄였다. 그놈의 대학교를 졸업하려면 근방에 묵을 공간이 필요했는데, 2월이 되어서야 부랴부랴 준비를 하자니 애초에 터무니없이 수가 부족한 학교 기숙사는 당연히 남아 있지 않았다. 학교 근처의 원룸도 빈 곳이 없었다. 방이 아예 없다는 것이 아니라 그가 이용할 만한 곳이 없다는 얘기였다. 학교 주변에 남은 방은 보증금과 월세가 터무니없이 비싼 투룸이나 풀옵션 오피스텔 같은 게 전부였다.

민호는 싸고 저렴한 방이 필요했다. 형편이 넉넉한 편도 아니었고, 부모님과의 사이도 썩 좋지 않아 손을 벌리기도 애매한 상황이었다. 사실 좀 더 솔직히 말하자면… 말이 '부모'지 이제는 서로 남이라 봐도 무방할 정도였다. 적어도 민호는 그렇게 생각했다. 그에게는 심지어 돈 때문에 사이가 틀어진, 말하자면 복잡한 가정사가 있었다.

당장 그의 수중에 있는 돈은 300만 원 정도였다. 그 안에서 방도 구하고 생활비도 해결하려면 좋은 집에서는 살려야 살 수가 없었다. 학자금 대출을 받고, 아르바이트도 하고, 허리띠도 졸라매고, 심지어 집도 아주 저렴하게 구해야 그럭저럭 한 학기를 버틸 수 있을까 싶었다.

민호는 살을 에는 날씨에 손에 입김을 불어가며 부동산을 전전했다. 안 그래도 마음이 급하고 짜증이 치솟는데, 발목까지 푹푹 빠지도록 쌓인 눈들이 양말을 파고들며 그를 방해했다. 잠깐 신세 지며 몸 녹일 곳이라도 있었으면 좋았으련만, 스물여섯이 돼서야 학교에 복학하는 그에겐 남아 있는 지인조차 없었다. 그나마 친했던 몇몇 학우들은 이미 모두 취업전선에 나가 있었다.

후우. 민호는 자신의 처지를 한탄하며 숨을 내쉬었다. 정 안 되면 고시원이라도 들어가야 하나 싶었다. 그와 동시에, 제발 그렇게까지 되지는 않기를 바라면서 진저리를 쳤다. 대학 재수 시절에 이미 고시원 생활을 접해봤던 그는, 대부분의 고시원이 얼마나 사람 살기 힘든 곳인지, 그 작은 공간과 공용시설을 이용함에서 오는 스트레스가 얼마나 큰지, 방음조차 안 되는 그곳이 얼마나 서로의 신경을 긁는 곳인지 잘 알고 있었다.

이런저런 생각을 하며 힘겹게 길을 걷는데 저 멀리 못 보던 부동산 하나가 눈에 띄었다. '행복부동산'이라는 오래되고 촌스러운 간판을 내세운 곳이었다.

민호는 살짝 미심쩍은 마음으로 부동산을 살펴봤다. 한데 유리문 너머로 얼핏 보니 내부는 의외로 소파와 책상, 정수기 따위가 나름 평범하고 그럴싸하게 배치되어 있었다.

　　민호는 잠시 고민하다가 이내 유리문을 밀고 안으로 들어갔다. 이곳에도 당연히 마땅한 방은 없을 거라 생각하면서도, 기왕 발견한 부동산인데 언 손이라도 녹이고 가자는 심정이었다. 어쩌면 커피도 한잔 얻어먹을 수 있을지 모르는 일이었다.

　　따뜻한 공기가 훅 끼쳐와 민호의 얼굴을 데웠다. 가게 안쪽에는 통통하게 배가 나온 인상 좋게 생긴 남자가 앉아 있었다. 남자는 민호가 얼마나 싼 방을 찾고 있는지도 모르는 채 사람 좋은 얼굴로 방긋 미소지었다.

　　"안녕하세요. 방 좀 알아보려고 하는데요."

　　"잘 왔어요. 밖엔 많이 춥죠?"

　　남자가 다 알고 있다는 듯 고개를 끄덕였다. 그리고 정말 민호의 마음을 읽기라도 한 듯 말을 이었다.

　　"일단 앉아요. 커피라도 한잔 타줄게요."

　　"예, 감사합니다."

　　민호가 웬 떡인가 싶어 얼른 소파에 앉으며 고개를

끄덕였다.

남자는 순식간에 커피믹스 한 잔을 만들어 민호에게 내밀었다. 그리고 맞은편에 앉으며 예의 사람 좋은 얼굴로 다시 물었다.

"어떤 방을 구하시게요?"

"월영대 근처에 자취방을 알아보고 있어요."

"어이쿠야. 이미 2월 중순인데 많이 늦으셨네."

남자가 허허 웃으며 말했다.

"가격이나 방 수준은 어느 정도 생각해요?"

"수준은 크게 상관없고요, 가격은 보증 200에 월 30 정도 생각해요."

"200에 30?"

남자가 잘못 들은 것 아니냐는 듯 되물었다,

"아, 관리비 포함하면 월 35까지는 괜찮아요."

민호가 얼른 덧붙였다.

남자의 표정이 알게 모르게 찡그려졌다.

"어이구야. 그런 방을 구할 거였으면 훠얼씬 일찍 오셨어야지. 지금은 그런 방 찾으려야 찾을 수가 없을 텐데."

"역시 그런가요."

민호가 머쓱하다는 듯 대답했다.

"학교에서 조금 떨어져 있어도 괜찮아요. 그래도 없을까요?"

"요즘 방값도 많이 오르고 해서, 학교 근처에는, 적어도 근처라고 할 만한 데는 그런 방 남아 있는 데가 없죠."

남자가 고개를 저으며 말했다.

"애초에 남아 있다곤 해도 그런 방은 시설이 되게 안 좋을 텐데."

"시설이야 뭐… 남자 혼자 대충 한두 학기 버티는데 굳이 좋은 방은 필요 없다고 생각해서요."

민호가 어색하게 웃으며 대답했다. 그래, 애초에 없을 줄 알고 있었다. 그는 다 마신 종이컵을 내려놓으며 주춤주춤 자리에서 일어났다.

"그럼 바쁘신데 실례했습니다. 커피도 감사합니다."

남자는 묘한 표정으로 커피잔과 민호를 번갈아 바라봤다. 마냥 어이가 없다거나 기분 나쁜 것과는 약간 다른, 뭔가를 고민하고 있는 듯 속을 알 수 없는 표정이었다.

"이봐요, 학생."

남자가 말했다.

"네?"

민호가 약간 당황하여 대답했다.

"혼자 살아요?"

"네?"

민호가 다시 물었다.

"방 구하면 혼자 살 거냐고요."

남자가 답답하다는 듯 다시 말했다.

"대학교 공부하러 오는데 가족이나 누가 같이 올라올 것 같지는 않고, 혹시 같이 살기로 한 룸메이트 같은 거 있어요?"

"아뇨. 없습니다."

"그럼 애인은요? 애인도 없어요?"

순간 말문이 턱 막힌 민호는 왜 이러냐는 듯 남자를 바라봤다. 그런 것은 엄연한 사생활의 문제 아닌가. 부동산 업자가 꼬치꼬치 캐물을 사안이 아니지 않은가?

"거 노려보지 말고 일단 앉아봐요."

남자가 진정하라는 듯 양손을 펴 보이며 민호를 달랬다.

"싸고 좋은 방이 있기는 한데 거기 주인 요구 사항이 좀 특이해서 그래."

민호가 아무 대꾸도 하지 않고 그대로 서 있자 남자가 다시 말했다.

"학교에서 썩 가깝진 않은데⋯ 버스로 다섯 정거장 정도? 방 두 개짜리 아파트 한 개가 비어 있어요. 풀옵션에 도배 장판 새로 해서 시설도 깔끔하고, 뭣보다 보증 100에 월 15만 원이야. 물론 처음에는 반년치 월세를 한 번에 줘야 한다는 조건이 붙긴 하지만⋯ 애초에 워낙 싸게 나온 집이라 크게 부담될 가격은 아니고. 관리비가 따로 없는 데니까 전기세 수도세 정도만 본인이 쓴 만큼 추가로 내면 되고. 어때요?"

"정말⋯요?"

뜻밖의 제안이었다. 민호는 사실 남자가 쪼잔하게 커피값이라도 내고 가라고 하는 것은 아닌지 걱정하던 차였다.

민호는 슬그머니 다시 자리에 앉았다. 다섯 정거장이라. 물론 자취하는 대학생의 기준으로는 분명 가까운 거리는 아니었다. 하지만 예전에 고등학교를 다닐 때나 아르바이트를 위해 출퇴근하던 때를 생각하면 그리 먼 거리라고도 볼 수 없었다. 게다가 매일 버스비가 좀 든다는 걸 고려해도 어지간한 방들보다 확실히 싸게 먹히는 방이었다.

남자는 민호의 반응을 보며 입꼬리를 씨익 위로 올렸다.

"괜찮겠으면 같이 한번 가볼래요?"

남자가 소개한 방은 말도 안 될 정도로 훌륭한 곳
이었다. 흔히 생각하던 원룸이 아니었으니 '방'이라고
표현하는 것 자체가 무리가 있었다. 남자의 말대로 하
얀 벽지와 나무무늬의 회색 장판은 새것처럼 깔끔했
고, 최신형은 아니지만 TV며 세탁기, 에어컨, 전자레
인지까지 있는 곳이었다. 화장실도 싱크대도 새로 지
은 원룸처럼 깔끔했다. 심지어 장롱과 침대, 책상, 책
장, 소파 등 기본적인 가구들도 준비되어 있었고, 추가
요금 없이 인터넷까지 연결이 되어 있었다. 민호는 무
엇보다 그 점이 마음에 들었다. 혼자 살다 보면 매달
꼬박꼬박 내야 하는 인터넷 요금도 꽤 부담이었다. 한
마디로 여긴 100에 15짜리 월세라고는 도저히 생각할
수 없는 집이었다.

집을 보기 위해 남자의 차를 타고 이동할 때까지만
해도, 남자가 도시 외곽의 아파트 단지 앞에서 차를
세울 때까지만 해도 생각조차 못 했던 일이었다. 남자
가 하는 모든 말이 그저 계약을 따내기 위한 거짓말처
럼 들렸던 것이다.

조금 오래된 듯하긴 하지만 그래서 더 어디서나 볼

수 있는 흔하고 평범한 아파트. 남자가 민호를 데려간 '에덴 아파트 단지'는 딱 그런 곳이었다.

'아무리 외곽지역이라 해도… 아파트가 이렇게나 싸게 나올 수 있는 건가? 심지어 이렇게나 공들인 공간을.'

민호는 소개받은 방을 둘러보며 도리어 고민했다. 이렇게 싼 가격에 방을 내놓는 이유가 무엇인지 도저히 알 수가 없었다. 이쯤 되자 뭔가 사기를 당하는 것은 아닌가 싶을 정도였다. 그러고 보면 요즘은 전세 사기로 사방이 난리였다.

"집은 괜찮죠?"

남자가 말했다.

"이만하면 학교랑 거리가 좀 있어도 계약할 만하다고 보는데. 안 그래, 학생? 솔직히 이런 방 절대 없어요."

"…예, 그렇죠."

딴 생각을 하던 민호가 넋이 나간 듯 고개를 끄덕였다.

"근데, 이렇게 좋은 집을… 왜 그렇게 싸게 내놓은 거죠?"

"거야… 집주인이 보통 특이한 게 아니라서 그래요."

남자가 질렸다는 듯이 가늘게 눈을 뜨며 말했다.

"돈이 많아서 그런 건지 급한 게 없어. 뭐 해달라는 것도 많고 까다롭거든. 사기는 아니니까 걱정 말고요. 아! 혹시 담배 피워요?"

"담배요? 아니요."

민호가 얼른 대답했다. 골초까지는 아니더라도 민호는 분명 담배를 피우는 사람이었다. 당장 품속에도 담배가 들어 있었다. 하지만 왠지 분위기를 볼 때 아니라고 대답해야 할 것 같았다.

"그거 다행이네요."

남자가 의심스러운 눈으로 민호를 바라보며 대답했다.

"혹시나 하는 말이지만, 이 집 계약할 거면 담배는 무슨 일이 있어도 나가서 피워야 해요. 화장실에서도 안 돼요. 집주인이 담배를 싫어하거든. 집 안에서 담배를 피우면 벽지 누레진다고 아주 난리를 쳐. 괜찮아요?"

"예, 어차피 피우지도 않는걸요."

민호가 얼른 거짓말을 더 했다.

"그리고 여기 살 거면, 층간 소음은 절대 일으키면 안 돼요. 같은 이유로 혹 소란스러워질지 모르니까 다른 사람을 들이는 것도 안 되고. 친구건 애인이건 가족이건. 절대. 무조건 조용히 하는 게 좋아요. 하이고야.

말하면서 나도 갑갑하네. 이렇게 까다로우니 헐값이어도 나갈 일이 있나."

민호도 고개를 끄덕였다. 확실히 조건이 까다롭긴 하구나 싶었다. 하지만 딱히 문제 되는 조항이 있는 건 아니었다. 담배야 나가서 피우면 되고, 딱히 불러올 친구도 애인도 없었다. 혹여나 친한 사람이 생긴다 해도 다섯 정거장이나 떨어진 이곳에 놀러 올 바엔 친구 집에서 노는 게 나을 터였다. 썩 좋지 않은 사이와 거리를 생각해볼 때 부모님이 와보실 리도 만무했다. 그리고 무엇보다, 몰래 사람을 데려온다 한들 집주인이 어떻게 알아챈단 말인가.

"아, 혹시 집주인이 아래층에 사는 분인가요?"

민호가 물었다.

"글쎄요. 워낙 개인 정보 공개를 꺼리시는 분이라 뭐라 말하기가 좀…."

남자가 어색하게 대답했다.

"계약을 하더라도 직접 만나 뵐 일은 없을 거예요. 아마 제가 대리인 자격으로 학생이랑 간단히 얘기하고 말 게 뻔하고."

남자는 잠깐 뜸을 들였다.

"그래서, 계약하실래요?"

이보다 조건 좋은 방을 구하기는 현실적으로 불가능한 일이었다. 이 추운 날씨에 부동산을 전전하는 것도 더 이상 사절이었다. 너무 싼 가격이 되레 찜찜하긴 하지만, 그래도 아무렴 간판 걸고 영업하는 부동산인데 대놓고 사기를 치기야 하겠느냐 싶었다. 거기까지 생각이 닿자 이건 오래 고민할 일이 아니었다.

"네, 할게요."

민호가 대답했다.

남자의 말대로 계약은 간단하게 끝이 났다. 계약서에 사인하고 보증금과 여섯 달치 월세를 합쳐 190만 원을 집주인 계좌로 송금하는 것이 절차의 전부였다. 조금 웃긴 것이라면 계약서에 '을은 집 안에서 담배를 피우면 안 된다', '본인 이외의 사람을 집에 들이면 안 된다'는 등의 조항이 진짜로 적혀 있다는 정도였다. 어쨌거나 민호는 그 즉시 집 열쇠를 넘겨받았고, 계약 후 일주일이 지난 오늘, 새로운 집으로 짐을 옮겨 들어왔다.

집은 이전에 봤던 대로 깔끔하고 아늑했다. 오래된 건물답지 않게 작은 곰팡이 하나, 벌레 하나가 보이지 않았다. 방음이 잘되는 것인지, 그저 동네가 조용한 것인지, 한없이 고요한 분위기도 나쁘지 않았다. 민호는 자신이 종일 발품을 판 덕에 횡재를 했다고 생각했다. 솔직히 말하자면 이곳은 자취방 수준이 아니라 당장 부모님이 사는 본가보다도 좋아 보였다.

기분이 얼마나 좋았던지 오죽하면 청소라면 담을 쌓고 살던 민호가 쓸고 닦고 바닥 청소를 다 했을 지경이었다. 짐을 하나둘 정리하고, 새집에서 첫 식사를 마칠 때까지 민호의 기분은 최고조에 달해 있었다.

문제는 그날 밤, 늦은 새벽부터 나타나기 시작했다. 한참을 편안히 자고 있던 민호는 거실에서 뭔가가 움직이는 소리에 부스스 눈을 떴다. 부스럭거리는 소리. 마치 비닐봉지가 부스럭거리는 소리 같았다.

막 잠에서 깬 민호는 처음에는 그저 뭔가 잘못 들었나 싶었다. 그러나 다시 멍하니 눈을 감고는 반쯤 잠에 빠져들고 있을 때, 한 번 더 부스럭, 뭔가 움직이는 소리가 들려왔다.

민호는 뭐지 싶은 마음에 몸을 일으켰다. 아니, 일으키려 했다. 한데 몸이 움직이지 않았다. 생전 눌려본 적 없는 가위에 눌린 거였다. 순간 등에 소름이 쫙 끼쳐 올랐다. 소리라도 지르고 싶었지만 입에선 얕은 신음조차 새어 나오지 않았다. 그가 그렇게 굳어 있는데,

이번에는 똑똑똑 누군가 분명하게 현관문을 두드리는 소리가 들려왔다.

이어서 철컥, 하며 현관문이 열리는 소리가 들렸다.

자박이는 발소리도 렸다.

손에는 무엇을 들고 온 것인지 부스럭거리는 비닐 봉지 소리도 똑똑히 들렸다.

누군가 집에 들어와 걸어 다니고 있었다. 심지어 온 집 안을 헤집으며 돌아다니고 있었다. 화장실과 부엌에서 동시에 물소리가 들려오고, 창문이 바람에 덜컥거리고, 뭔가가 진동하는 듯한 중저음의 알 수 없는 괴음까지 겹쳐졌다.

안방의 침대에 누워 있던 민호는 그제야 큰 집의 불편한 점을 하나 발견했다. 아무리 눈을 뜨고 눈알을 굴려봐야, 그가 누워 있는 안방에서는 거실에서 무슨 일이 벌어지고 있는지 도저히 볼 수가 없다는 거였다.

아니, 어쩌면 다행인가. 민호가 생각했다. 온몸에 소름이 오르고 오한이 끼쳤다. 그는 이상한 소리들을 들으며, 잔뜩 긴장한 채 언제 벌컥 열릴지 모를 안방문을 뚫어져라 바라봤다.

몇 분이 지나도록 소리들은 멈출 생각이 없었다. 냉장고가 열렸다가 닫히고, 온갖 서랍이며 문짝들이 열렸다 닫혀댔다. 그릇들이 서로 부딪치며 잘그락거렸다. 집 안에 있는 모든 것들이 소음을 만들고 있었다.

민호는 이쯤 되자 자신의 감각이 정상이기는 한 것인지, 제정신이기는 한 것인지 의심이 될 지경이었다. 한데 한참을 고민하던 중, 이번에는 모든 소음이 단번에 뚝 끊겨 사라졌다.

민호의 몸도 거짓말처럼 움직여졌다. 그냥 움직여졌다기보다는, 저도 모르게 벌떡 일어나 앉았다는 게 더 정확한 표현이었다. 그는 몇 분간 목이라도 졸린 사람처럼 숨을 몰아쉬었다.

어느 정도 호흡이 진정되자 민호는 조심스레 자리에서 일어났다. 식은땀을 얼마나 흘렸는지 옷 전체가 축축할 지경이었다. 속옷이 찜찜하게 허벅지에 달라붙었다. 하지만 당장은 그보다 중요한 문제가 눈앞에 있었다.

거실을 확인해야 해.

그는 그렇게 생각했다. 하지만 땀에 젖어 축축한 손바닥은 쉽사리 문고리를 잡아 돌리지 못했다. 아니, 단지 손에 묻은 땀 때문은 아니었다. 본능적으로, 온몸이 문을 열면 안 된다고 소리치고 있었다.

민호는 몇 번의 심호흡 끝에 조심스레 손잡이를 잡

아 돌렸다. 낮에는 전혀 의식하지 못했던 끼익 하는 불쾌한 소리와 함께 안방 문이 천천히 입을 열었다.

거실은 검고 적막했다. 그리고 당연하게도 아무도 없었다.

민호는 서둘러 거실의 불을 켜고 주방과 화장실 안까지 꼼꼼하게 확인했다. 수상한 비닐봉지도, 물을 틀었던 흔적도 없었다. 싱크대와 화장실 바닥은 분명히 들었던 물소리가 무색하게 바짝 말라 있었다.

민호는 크게 안도하며 자신을 다독였다. 그러면 그렇지. 그저 잠자리가 바뀌어서, 혼자 이렇게나 넓은 집에서 살아본 게 처음이어서 예민했을 뿐이야. 그는 애써 그렇게 생각했다. 자신이 들었던 온갖 기괴한 소리들은 모두 가짜였던 거라고….

실제로 거실에서 소리를 내는 것이라곤 벽 한가운데 달린 시계가 전부였다. 시계는 새벽 3시 48분을 가리키며 째깍째깍 아주 정직하게 다음 시간을 향해 달려가고 있었다.

한밤중에 무슨 소란이람. 민호는 시간을 보고 인상을 찌푸렸다. 그리고 거실의 전등 스위치에 손을 대고 아주 잠깐을 고민하다가, 탈칵 불을 끄곤 안방으로 들어가 잠을 청했다.

＊

다음 날, 민호는 오후 2시가 되어서야 머리를 벅벅 긁으며 침대에서 눈을 떴다. 전날 그런 일이 있다 보니 쉽게 잠자리에 들지 못한 탓이었다. 침대에 누워 있던 그는 문득 이 집에서 사람이라도 죽었던 게 아닐까 싶었는데, 그런 생각이 들자 괜스레 더 찝찝하고 오한이 떨려서 눈이 감기지 않았다.

가까스로 자고 일어난 다음에도 달라진 건 없었다. 얼마나 생각에 시달렸는지 민호는 눈을 뜨자마자 한숨을 내뱉었다.

'그래, 자살이든 살인사건이든… 그런 일이 있지 않고서야 이만한 집이 그렇게 싸게 나왔을 리가 없지.'

왜 진작 그 생각을 못 했을까. 민호가 입술을 깨물었다. 그가 모르는 뭔가가 분명히 있었다. 부동산 업자에게 눈 뜨고 당한 것이다.

그는 충동적으로 부동산에 전화하려다가 가까스로 핸드폰을 내려놓았다. 부동산에 전화해서 당장 뭐라고 말한단 말인가. 이사 온 첫날에 가위에 눌렸다고? 찝찝해서 안 되겠다고? 턱도 없는 소리였다. 되레 미친놈 취급당하지 않으면 다행일 것 같았다.

민호는 무작정 전화기를 누르기 전에 이 동네에서 일어난 실종사건이나 자살사건, 혹 살인사건 같은 것이 있었는지 검색해보기로 마음먹었다. 요즘 같은 인터넷 시대에 영원한 비밀이 어디 있던가. 정말 뭔가 있다면, 금방 결과가 나올 것이고, 그때 전화를 걸어도 늦지 않을 터였다.

'일단 담배 한 대만 피우자.'

민호가 생각했다. 그는 아침부터 습관적으로 담배를 피우는 애호가는 절대 아니었으나, 오늘만은 담배 생각이 무척 간절했다. 그는 주섬주섬 침대에서 일어나 패딩을 찾았다. 바깥 날씨가 패딩 없이 나가기에는 너무 춥기도 했거니와, 패딩 안주머니에 담배와 라이터가 들어 있기 때문이었다. 근데 희한하게도 집 안 그 어디에서도 패딩이 보이지 않았다. 거실에도 방에도, 옷장 안에도, 그 어디에서도 보이질 않았다.

민호는 황망히 침대에 주저앉았다. 가장 먼저 든 생각은, 전날 밤 그가 들은 시끄러운 소리들이 환청이 아닐지도 모른다는 거였다. 누군가 진짜 집에 들어왔던 거다. 하지만… 누가 굳이 집까지 침입해서 패딩 따위를 집어 가겠는가? 그래 그럴 리가 없었다. 아니, 상식적으로 불가능한 일이었다.

그렇다면 패딩은 어디로 사라진 걸까. 민호는 눈을 감고 한참이나 자신의 머리를 두들겼다. 그리고 이내 확실히 기억해냈다. 평소 살아온 습관대로, 거실이 아니라 안방에 자리한 책상 앞에, 그러니까 의자에 패딩을 걸어놨었다. 물론 그 자리에도 패딩은 없었다.

　　그날 종일 인터넷을 뒤졌으나 근처에서 근래에 벌어진 섬뜩한 사건 따위는 찾으려야 찾을 수가 없었다. 대신 집을 샅샅이 뒤진 결과, 비누 한 개와 숟가락 하나, 냉장고에 넣어둔 맥주 한 캔, 책 두 권, 그리고 냄비 하나가 사라졌다는 것을 깨달았다. 물론 아침부터 찾지 못했던 패딩 또한 마찬가지였다.

　　하나같이 도둑질을 당했다기엔 모호한 물건들이었다. 누군가에게 얘기한다면 그저 기억이 잘못된 게 아니냐고 물을 만한 것들이었다. 하지만 패딩을 제외하면 새로 이사를 온다고 잔뜩 신나 있던 민호가 직접 싸 온 물건들이고, 꼭 필요하다고 생각했던 것이 대부분인데다가, 또 바로 어제 직접 정리한 것들이다 보니 민호 본인은 이 물건들이 감쪽같이 사라졌다는 것을 확신할 수 있었다.

　　민호의 머릿속에선 어젯밤 진짜로 누군가가 집에 들어왔던 것 같다는 생각이 점점 더 확고하게 자리를 잡아갔다. 자신이 자고 있던 방 안의 패딩까지 없어진 건 쉽게 설명할 방법이 없었지만, 어쨌건 도둑 비슷한 것이 들었던 거라고 말이다.

하지만 누가? 민호는 고민했다. 누군지도 모르는 집 주인. 유독 특이하며, 민호가 사람을 데리고 오면 금방 알 수 있다고 했던 집주인이 떠올랐다. 집주인이 근방에 살고 있다면 가능성이 있었다. 바로 근방에 살고 있기 때문에, 소음에 그렇게나 민감하게 신경을 쓰는 걸 수도 있었다. 하지만… 남에게 월세까지 내줄 정도의 사람이 도대체 왜 그런 짓을 벌이겠는가? 그렇다면 부동산 사장은 어떨까? 민호는 고개를 저었다. 둘 다 집에 들어오려면 들어올 수 있는 사람들이겠으나, 도무지 타당한 이유가 생각나지 않았다.

혹시 이 집에… 전에 살던 사람은 누구였지?

민호는 손가락을 튕기며 자리에서 일어났다. 혹시나 전에 살던 세입자가 열쇠를 복사해놨었다면, 그리고 집주인이 잠금장치를 새로 바꿔놓지 않았다면 충분히 가능성 있는 이야기였다. 그리고 범인은… 최대한 티가 나지 않게 자잘한 물건들부터 손을 대기 시작하는 것이고. 왜 원룸촌에서는 실제로 이런 종류의 사건이 가끔 터지지 않던가.

민호는 사실 확인을 위해 얼른 부동산 사장에게 전화를 걸었다. 잘하면 열쇠에 대해 물어보면서, 이 집에서 무슨 일이 벌어졌던 건 아닌지 떠볼 수도 있을 것 같았다.

수화음이 이어지고, 탈칵 목소리가 들려왔다. 자동 응답이었다.

'안녕하세요 행복부동산 송영호입니다. 저는 지금 겨울 휴가 중입니다. 3월 2일 업무에 복귀합니다. 양해 바랍니다. 고객님들의 행복한 밤을 기원합니다. 급하신 용건은 문자 메시지를….'

겨울 휴가? 민호가 되뇌었다. 겨울 휴가라고?

얼이 빠진 민호가 핸드폰을 내려놓았다. 게다가 부동산 전화도 아니고, 핸드폰으로 전화를 걸었는데 이런 안내가 나온다고? 민호는 뭔가가 잘못되고 있다고 생각했다. 정말, 심각하게 잘못되고 있었다.

그날 밤. 민호는 온 집 안의 불을 끈 채, 누군지 모를 범인을 맞이하기 위해 커피를 들이켠 채 뜬눈으로 거실에 앉아 있었다. 혹시 모를 상황을 대비해 무선 청소기에 손잡이 용도로 연결하는 긴 막대기도 무기 삼아 옆에 준비해놓았고, 손에 꼭 쥐고 있는 핸드폰도, 여차하면 범인의 얼굴을 찍거나 바로 경찰에 신고하기 위해 계속 충전기에 연결되어 있었다.

얼핏 보면 위험하고 무식한 방법처럼 보일 수 있으나 이게 민호가 내릴 수 있는 최선의 선택이었다. 부동산 사장은 끝내 연락이 닿지 않았고, 실제 피해를 입증할 수가 없었으니 경찰에게 도움을 구하기도 애매한 문제였다. 그렇다고 다른 곳에서 묵을 수도 없었다. 2월의 날씨는 살을 에듯 추웠고, 민호의 주머니 사정 또한 다른 숙박업소를 이용할 정도로 넉넉지 않았다. 그리고 오늘 당장 문제를 피해 다른 곳에서 묵는다 한들, 내일은, 모레는 어찌해야 할 것인가. 계약 기간 내내 월세를 꼬박꼬박 내면서 다른 곳에서 잠을 잘 수는 없는 일이었다.

현관문에 안전고리를 다는 것은 어떨까도 생각해 보았지만 궁극적인 해결책은 아니라는 판단이 들었다. 물론 그가 집에 있는 동안은 밖에서 절대 문을 열지 못할 것이다. 분명 좋은 생각이었다. 잠은 편안히 잘 수 있을 테니까. 하지만 민호가 집에 없는 동안의 집은 여전히 무방비나 다름없었다.

뭐, 다 괜한 착각일 수도 있었다. 처음 눌러본 가위 탓에, 그 싱숭생숭한 불길함 탓에 괜히 예민하게 유난을 떠는 건지도 몰랐다. 차라리 그렇다면 다행이지만… 만약 진짜 누군가 들어온다면…. 후, 민호는 괜스레 막대기를 한번 휘둘러보았다. 그는 예전부터 싸움이라면 마냥 얻어터지지만은 않는 사람이었다. 게다가 군대를 막 제대한 지금은 한껏 근육이 붙은 몸을 가지고 있었다. 막대기 하나에 의지해 소파에 앉아 있는 이유가 바로 그것이었다. 근거 없는 자신감. 그리고 여러모로 설마 하는 마음. 민호는 정말 상대가 나타난다 해도 칼을 들고 달려들지 않는 한 자신이 쉽게 당하지만은 않을 거라 생각했다.

그래, 그가 보기에 준비는 완벽해 보였다. 다만 문제는 새벽 2시가 되도록 범인이 코빼기도 보이지 않았다는 것과, 난방비를 아끼기 위해 약하게 틀어놓은 보일러 탓에 거실이 몸이 떨리도록 춥다는 거였다. 당장 민호의 집에서 따뜻한 곳이라곤 안방 침대 위에 들여놓은 전기장판뿐이었다.

추위 속에서 밤잠과 싸우는 것은 지치고 피곤한 일이었다. 민호는 결국 고민 끝에 전기장판을 거실 소파 위로 옮겨왔다. 따뜻한 기운이 스멀스멀 올라와 그의 온몸을 주물렀다. 잠을 잘 생각은 없었다. 그저 몸을 좀 녹이고자 했을 뿐이었다. 몸이 차게 굳어 있으면 범인이 들어와도 제대로 대응을 하지 못할 거라 생각하면서….

철컥!

민호가 번쩍 눈을 떴다. 분명 현관에서 소리가 들렸다. 잠깐 졸았는지 그의 몸이 소파 위에 옆으로 엎어져 있던 탓에 막대기를 찾아 들며 다급하게 몸을 일으켰다. 아니, 일으키려고 했다. 그는 막대기조차 손에 쥐지 못한 채 그대로 누워 있었다. 빌어먹게도 몸이 움직이지 않았다. 평생 눌려본 적 없는 가위가 이틀을 연속으로 찾아와 그를 짓누르고 있었다.

하필 이럴 때! 민호는 깜빡이지도 않는 눈꺼풀 속에서 애써 눈알을 굴렸다. 이 상태로 집에 누군가 들어온다면….

철컥! 현관문 쪽에서 다시 소리가 들려왔다. 정신을 차리고 들으니 다행히 문이 열리는 소리는 아니었다. 그저… 누군가 문고리를 잡아 흔들고 있는 것 같았다.

아, 젠장할.

민호가 이를 갈았다. 그리고 그때, 갑자기 싱크대 쪽에서 물소리가 들렸다.

볼 수는 없었지만 분명 그의 머리 위에서, 싱크대 쪽에서 들리는 물소리였다. 알루미늄 개수대를 때리는 크고 차가운 물소리가 거실을 가득 메우고 있었다.

민호는 문득 그를 괴롭히는 것이 소리뿐만이 아니라는 걸 깨달았다. 조금 전까지만 해도 거의 아무것도 알아볼 수 없을 정도로 어두웠던 방 안이, 흐리고 번쩍거리는 불빛에 희미하게 구색을 밝히고 있었다. TV! 범인은 TV였다. 풀옵션에 딸려온 빌어먹을 32인치 TV가 눈치채지도 못할 사이에 저 스스로 켜져선 치지직거리는 노이즈 화면을 투사하고 있었다.

민호는 시선을 빼앗긴 듯 한참이나 TV를 바라봤다. TV가 싱크대의 물소리에 맞춰 춤을 추고 있었다. 유리 너머 화면 속의 어떤 형체가 춤을 추고 있다는 게 아니라, 플라스틱으로 이루어진 TV 껍데기 자체가 말이다. TV는 오른쪽으로 기울어지는가 싶더니 어느 순간 왼쪽으로 기울어져 있었고, 이제는 전자레인지에 돌린 비닐봉지처럼 흘러 녹아 반쯤 선반 아래로 늘어진 채 처음 보는 일일연속극 같은 것을 틀어대고 있었다.

이건 꿈인가? 이게 정말 꿈이야?

그래, 꿈일 뿐이야. 민호는 TV에서 눈을 돌린 채 이건 다 꿈일 뿐이라고 스스로에게 되뇌었다. 철컥거리는 문소리도, 주방의 물소리도, 자신의 아래에서 온기를 내뿜는 전기장판도 모든 게 너무 현실적이고 생생했지만… 그럴 리가. TV가 녹아내린 채 화면을 송출하고 있지 않은가.

그는 정신을 차려야겠다고 마음먹었다. 마음을 먹었다기보다는, 적어도 그래야겠다고 생각했다. 하지만 그는 벽이 꾸물거리며 움직이는 것을 보면서, 천장 위에서 검고 끈적한 뭔가가 늘어져 툭, 하고 떨어져 내리는 것을 보면서 머릿속이 하얗게 변해버렸다.

벽 속에는, 그가 바라보는 거실의 벽 속에는 수많은 사람들이 눌어붙어 있었다. 어쩌면 벽지 속에 갇혀 있는 건지도 몰랐다. 몇 명인지도 셀 수 없을 정도로 많은 사람이, 서로를 밀치며 벽을 뚫고 나오려는 듯 격렬하게 몸부림치고 있었다. 여자인지 남자인지 모를 사람 하나가 손을 쭉 뻗어 TV 선반을 붙잡았다. 거의 벽을 탈출하려는 것처럼 보였다. 하지만 주변에 늘어져 있던 수많은 인형들은 그를 순순히 놓아줄 생각이 없는 것 같았고, 득달같이 달려드는 손길에 그는 소리 없는 비명을 내지르며 다시 벽 안쪽으로 끌려 들어갔다. 그리고 마지막 순간 그의 손에 붙잡혔던 애꿎은 TV 리모컨 또한, 벽 속으로 꿀렁이며 사라져버렸다.

어디선가 알 수 없는 구린내가 올라오고, 또 어디선

가는 참방거리는 물소리가 들려왔다. 민호는 그제야 귀를 때리는 물소리가 싱크대뿐만 아니라 화장실에서도 들리고 있다는 걸 깨달았다. 세면대는 물론 샤워기까지 미친 듯이 물을 뿜고 있었다. 어쩌면 변기도 역류하며 구정물을 뿜어내는지도 몰랐다. 그리고 참방거리는 물소리는, 바로 그의 머리 위쪽, 거실에 놓인 소파 바로 옆에서 들려오고 있었다.

민호는 온몸에 소름이 올라 몸을 부르르 떨었다. 어느새 바닥에는 엄청난 양의 물이 소파 위로 넘칠 듯 말듯 흥건히 차올라 거의 바다를 이루고 있었다. 심지어 누군가 그 물을 헤치며 돌아다니는 소리도 들려왔다. 바로 머리 위에서, 바로 머리 위에서 누군가가 걷고 있었다. 물을 헤치는 걸음에 따라 일렁이는 물결이 확실하게 눈에 보였다.

TV는 끝내 바닥까지 흘러내려 물속에서 칙칙한 불빛을 뿜어대고 있었다. 그 불빛 때문에 모든 게 너무 잘 보였다. 물결 위에 흔들리는 알 수 없는 검은 그림자. 그리고 그 그림자가 들고 있는 날을 번뜩이는 식칼까지도.

민호는 나오지도 않는 목으로 고래고래 소리를 질렀다. 읍읍! 하는 소리조차 나오지 않았지만 민호의 마음은 그만큼이나 절박했다. 더러운 오수가 소파를 넘어 민호의 옷을 적시기 시작했다. 그의 입으로도 한 움큼씩 물이 스며들었다. 하지만 그보다 더 그를 위협하는 건, 식칼이, 그러니까 그 알 수 없는 그림자가 아주 서서히 민호를 향해 살의를 뻗고 있다는 거였다. 민호는 더 이상 그 번뜩이는 칼날을 보고 있을 자신이 없었다. 그는 본능적으로 질끈 눈을 감았고, 이번에는 정말 눈이 감겼다.

쾅쾅쾅쾅. 누군가 창문을 두들기는 소리가 들려왔다. 어쩌면 두들긴다기보다는 그냥 부숴버리려는 폭력에 가까운 소리였다. 거의 유리가 부서질 듯한 소리였다.

그리고 뭔가가 팍, 하고 민호 앞에 떨어지는 소리를 마지막으로, 모든 소리가 언제 그랬냐는 듯 사라졌다.

정적. 거짓말처럼 정적이 찾아왔다.

민호는 너무 떨리는 탓에 제대로 이어지지도 않는 숨을 몰아쉬며 가까스로 눈꺼풀을 들었다. 바닥을 가득 채웠던 물도, 움직이는 벽도 없었다. 모든 게 아무 일도 없다는 듯 그 자리에 있었다. 잔뜩 늘어져 있던 TV 또한, 멀쩡하게 서서 심야 영화를 번쩍이고 있었다.

민호는 그 모든 것을 살짝 둘러보다가 TV에 시선을 고정했다. TV? TV가 왜 켜져 있지? 그가 숨을 멈추고 화면을 바라봤다. TV 속의 남자배우가 타이밍 좋게 민호를 바라보며 껄껄 웃었다. 그러더니 탁, 하고 화면이 돌아가며 다시 치지직거리는 노이즈 화면으로 변해버렸다.

민호는 화들짝 놀라 벌떡 몸을 일으켜 앉았다. 그리고 뭔가 더 바뀐 게 없나 주위를 두리번거렸다. 그러다 숨을 몰아쉬며 자리에서 일어서려는데, 오른쪽 발에 날카롭고 섬뜩한 통증이 밀려들었다.

민호는 깜짝 놀라 다시 자리에 주저앉았다. 오른발이 길게 베여 피를 흘리고 있었다. 바닥에 식칼 하나가 손잡이를 위로 한 채 바닥에 꽂히듯 박혀 있었다.

민호는 비명을 지르며 현관문으로 달려갔다. 갑작스레 욕지기가 치밀어올라 토할 정도로 속이 뒤집히고, 오른발은 바닥에 닿을 때마다 온몸을 찌르는 듯 날카로운 통증을 올려보냈다. 그래도 멈출 수는 없었다. 단지 나가야 한다는 생각뿐이었다.

아니, 나가야 했다. 한순간도 더 이곳에 있을 수 없었다. 살려면 방법은 그것뿐이었다.

그러나 현관문을 마주한 순간 민호는 망연자실하

게 바닥에 주저앉았다. 현관문이 사라져 있었다. 현관문이 있던 자리에는, 벽지조차 발리지 않은 삭막한 시멘트벽이 그를 희롱하며 서 있었을 뿐이었다.

아직, 아직 꿈인가.

민호가 제 뺨을 세게 때려보며 생각했다. 발의 통증도, 얼굴의 통증도 모두 진짜였다.

그의 옆에는 기다렸다는 듯 화장실이 문을 열고 서 있었다. 민호가 화장실을 돌아보자 탈칵 하고 전등까지 켜졌다. 민호는 그제야 엉금엉금 기어가 변기를 붙잡고 토악질을 시작했다.

민호의 입속에선 알 수 없는 검은 물체가 끈적하게 쏟아져 나왔다. 역한 구린내가 배 속에서부터 올라오는 게 느껴졌다. 민호는 그렇게 한참을 토한 뒤에야 가까스로 세면대 앞에 서서, 소름끼치는 물소리를 들으며 입을 헹궜다.

거울에선 퀭하게 변해버린 눈동자가 자신을 맞이했다. 그는 도저히 어디까지가 꿈이고 어디까지가 현실인지를 구분할 수가 없었다. 어쩌면 토하고 거울을 보고 있는 지금까지도 꿈의 일부일지도 몰랐다. 거실에서 여전히 TV가 치지직거리고 있었다. 현실이었다면, 왜 TV가 그대로 켜져 있겠는가.

민호는 수전증이라도 걸린 것처럼 떨리는 손으로 얼굴을 씻어내렸다. 선명할 정도로 차갑게 손과 얼굴을 두드리는 냉수는 불행히도 이것이 분명 현실임을 말해주고 있었다.

그럴 리가 없어!

민호가 다시 한번 입술을 깨물었다. 얼마나 세게 깨물었던지 금세 입술에 피가 고일 정도였다. 그때, 그의 눈에 세면대 위에 가지런히 놓여 있는 담뱃갑과 라이터가 보였다. 그건 분명히, 어제 패딩과 함께 사라진 물건이었다.

민호는 홀린 듯 담뱃갑을 집어 들었다. 전날의 아침보다도 더 담배 생각이 간절했다. 그를 진정시켜줄 무언가가 필요했다. 그는 너무 흔들려서 제대로 움직일 수도 없는 손으로 입에 담배를 가져다 물었고, 가까스로 라이터를 켜 불을 붙였다. 흐으으읍 후우. 메케한 연기가 목을 타고 넘어가자 정신이 조금은 또렷해지는 것도 같았다. 하지만 그와 동시에,

딩동!

예상치 못한 초인종 소리가 들려왔다.

깜짝 놀란 민호는 담배를 재빨리 변기에 던져 넣고는 화장실을 뛰쳐나왔다. 조금 전까지만 해도 콘크리

트일 뿐이었던 자리에 다시 현관문이 생겨 있었다. 민호는 어째서인지 담배를 피우지 말라고 친절하게 쓰여 있던 계약서가 떠올랐고, 본인이 말도 안 되게 큰 잘못을 했다는 생각이 들었다. 그가 잔뜩 굳은 채로 현관문을 바라보는데,

딩동!

또다시 초인종 소리가 들려왔다.

*

남자는 즐거운 표정으로 다가와 유유히 현관문에 열쇠를 꽂아 넣었다. 겨울 휴가를 갔다던 그는 예전보다 조금 더 기름진 얼굴을 하고 있었다. 살도 조금 찐 것 같았다. 그가 우측으로 열쇠를 돌리자, 철컥 하고 경쾌한 소리가 들려왔다.

그는 휘파람까지 불며 문을 열고 안으로 들어갔다. 익숙한 구린내가 묘하게 남아 코를 찔렀다. 지옥 구덩이의 유황 냄새와, 새콤한 피 냄새였다.

그는 한껏 웃음을 짓고 들어오다가 난장판이 된 거실 앞에서 순간 웃음기를 지웠다. 정확하게는 피가 흥건하게 묻은 거실 벽지를 본 탓이었다.

"에이, 그러게 담배 피우지 말라니까는…."

남자가 투덜거렸다. 그러고는 제가 생각해도 너무했다 싶었는지 피식 웃었다. 하기야, 담배가 문제였겠는가.

그 누가 됐건, 특히나 이런 집에서라면 언젠가 하나 정도는 계약을 어길 수밖에 없었다. 애초에 독소 조항이 가득한 계약서. 세밀히 따지자면 깜짝 놀라 소리를 지르는 것도, 뭔가 낌새를 느껴 점쟁이나 경찰을 집에 들이는 것도 계약 위반. 즉 민호라는 친구는 계약서에 사인을 한 순간 어차피 이렇게 될 운명이었다.

"그래도 이틀이면 그럭저럭 버텼네."

어쨌거나 이번엔 한쪽 벽만 피 칠갑이 되었으니 나름 준수한 편이었다. 물건 정리까지 포함해서 20만 원, 어쩌면 15만 원이면 다시 깔끔하게 복구할 수 있을 것 같았다. 그는 만족스러운 표정으로 집을 다시 한번 훑어보며 고개를 끄덕였다.

남자가 왼쪽 주머니에서 웬 종이 하나를 꺼내 펼쳐 들었다. 일전에 작성한 계약서였다. 대상이 사라졌으니 이제 계약서도 필요 없었다. 그는 계약서를 향해서, 마지막 예의라도 차리는 양 눈을 감고는 슬픈 목소리로 말을 건넸다.

"불쌍한 민호 학생. 잘 가시게. 명복을 비네. 아, 그리고 혹시라도 다시 마주치는 일은 없길 바라고."

말을 마침과 동시에 계약서는 불이 붙어 거짓말처럼 한순간에 타올랐다.

그리고, 정말 끝이었다.

남자는 킥킥거리며 손에 남은 재를 탁탁 털어냈다. 오늘도 한 건 해냈다는 표정으로 길게 기지개를 켜는 것도 잊지 않았다.

그는 살짝 더 두둑해진 뒤 주머니를 매만지며 현관문을 빠져나왔다. 현관문은 그가 나오자 기다렸다는 듯 조용히 입을 닫더니, 문고리를 살짝 흔들며 알 수 없는 소리로 낮게 그르렁거렸다.

〈끝〉

작가의 말

공포 소설을 쓰다 보면 종종 재미난 일을 겪는다. 애석하게도(혹은 다행히도) 귀신을 보게 된다든가 하는 건 아니고 사람들을 대할 때 말이다. 특히나 직업을 소개할 때 공포 소설을 쓴다고 하면 대부분의 경우 꽤나 재미있는 반응을 볼 수 있다. 놀라거나 신기해하는 건 기본이다. 어떤 이들은 간혹 내게 정말 귀신을 믿느냐고 묻기도 하고, 어떻게 그런 이야기를 쓰는지, 왜 그런 이야기를 쓰는지 묻기도 한다. 심지어 아주 가끔은, 직업을 듣고 갑자기 내게 거리감을 느껴하는 사람을 보기도 한다. 뭐, 이해하지 못하는 건 아니다. 내 글을 늘 가장 먼저 읽고 의견을 주는 친구들 중에서도

'공포' 소설만 들고 가면 기겁을 하고 멀어지는 친구가 몇이나 있으니까. 별로 좋지 않을 것 같은데 뭐가 재미있는 일이냐고? 물론 처음에야 좀 그럴 수도 있다. 하지만 잘 생각해보면 그만큼이나 놀려먹기 좋은 사람들이 또 없다. 어느 정도 적응이 된 지금, 사실 나는 '상대의 상상에 부합해줄 수 있을 만한 이상한 컨셉'을 잡고 괜히 상대를 조금 더 놀리는 경지에 이르고 말았다.

물론 공포 소설을 쓴다고 사람들에게 꼭 그런 반응만을 겪는 건 아니다. 반대로 갑자기 눈이 반짝거려져선 나와 적극적으로 이야기를 나누려는 경우도 있다. 이런 분들은 보통 자신들이 좋아하는 무서운 이야기는 어떤 종류인지 또 어떤 작품들을 보아왔는지를 술술 풀어놓고, 내게 아이디어를 주려고 온갖 영감 가득한 자신들만의 이야기보따리를 하나 더 풀어놓기 시작한다. 어릴 적 가위눌린 이야기부터 주변의 이름 모를 누군가의 귀신 목격담까지. 이런 분들은 대개 이야기를 전할 때 공포스러운 분위기를 잘 잡는 경우가 많다. 심지어 이야기도 매우 생생해서 어디선가 들어본 듯한 이야기인가 싶더라도 세부 디테일이 모두 다르다. 그리고 그 디테일 중에는, 정말로 내게 새로운 이야기를 작업하게 만드는 씨앗들이 곳곳에 숨겨져 있다.

어쨌든 공포라는 장르는 그만큼 호불호가 확실하다. 취향에는 옳고 그름이 없으니 전자의 반응도 존중하고 이해한다. 하지만 솔직히, 나는 당연히 후자의 반응이 훨씬 더 좋다. 그리고 이 책을 들고 계신 여러분은 아마도 후자일 거라 생각한다. 공포 장르를 좋아하는 사람들. 혹여 직접 만나게 된다면 나와 무서운 이야기로 밤을 새울 수 있는 사람들. 반갑다. 정말 너무너무 반갑다.

부디 이 책의 이야기들이 여러분의 흥미를 돋울 수 있었으면 좋겠다. 글을 읽으면서 분위기에 매료되거나, 글을 다 읽고 난 뒤 뭔가 묵직한 생각을 남기거나, 한밤중에 갑자기 떠올라 흠칫 주변을 확인할 수 있게 만들었으면 좋겠다.

이 책에는 그간 다양한 경로로 발표한 이야기 중 '공포'의 색을 띤 작품들이 모여져 있다. 공포스러운 분위기로 뭔가를 풍자하는 듯한 소설도 있고, 괴담 본연의 분위기를 추구한 글도 있고, 벌 받을 만한 사람이 벌을 받는 얘기도, 아무 잘못 없는 사람이 끔찍한 상황에 휘말리는 이야기도 있다. 모두 내 기준에선 최대한 재미있고 술술 읽힐 수 있도록 열심히 만든 이야기들이다. 그러니 부디, 적어도 이 중 하나는 여러분의 섬세한 취향에 부합할 수 있기를 바란다.

잠시 지면을 빌려 항상 응원을 보내주시는 어머니께 감사를 표한다. 하나뿐인 아들이 당신의 취향이 분명히 아닐 것 같은 글을 쓰는데도 끝까지 믿고 응원해주신 덕에 이 책이 나올 수 있었다. 늘 곁에 있어 주는 소중한 사람들, 내 글을 먼저 읽고 진지하게 의견을 주는 친구들(여전히 몇몇은 공포물이라면 고개를 흔들지만), 언제나 돌아갈 수 있는 자리가 되어주는 가족들에게도 감사한다.

무엇보다 이 책을 손에 들고 있는 여러분께도 한 번 더 반갑고 감사드린다는 말을 전한다. 특히나 작가의 이 긴 넋두리를 끝까지 읽어주신 여러분께는 더더욱 감사드린다. 사실 이런 문체로 감사를 표하고 있자니 매우 건방진 느낌인데, 작가의 말 전체를 존댓말로 쓰고 싶었지만 가독성 때문에 그러질 못한 것이니 부디 이해를 부탁드린다. (심지어 정말 존댓말로 문체를 바꿔보기도 했는데 잡지 〈좋은생각〉의 에세이 같았다. 개인적으론 〈좋은생각〉도 무척 좋아하지만, 공포 소설을 보러 왔을 독자들 앞에 그렇게 상냥한 분위기의 글을 디저트로 꺼낼 순 없었다.)

부디 이 책을 손에 잡고 있는 동안 '재미있게 무서운 시간'을 보내셨기를.

2023년 가을

지현상

완벽한 죽음을 팝니다

초판 1쇄 발행 2023년 10월 10일

지은이 지현상
펴낸이 나성채
디자인 김선예, 이수정
마케팅 박동준
일러스트 문준수

———

발행처 오러 orror
등록 2023년 4월 26일(제2023-000003호)
주소 32134 충청남도 태안군
　　　　태안읍 원이로 302, 204동 205호
전화 02.324.3945-6 **팩스** 02.324.3947
이메일 orrorpub@gmail.com

———

ISBN 979.11.983254.2.6 04810
　　　　979.11.983254.0.2 04810(세트)